착한 아이 —— 백천수 씨

착한 아이 ── 백천수 씨

손서은
장편소설

|주|자음과모음

마이 넘버원 시아에게

차례

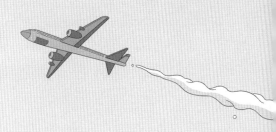

1

거구의 여자가 들어온다. 기름을 발라 곱게 빗은 머리, 환한 붉은색 옷을 갖추어 입고 한쪽 다리를 절름거리며 등장한다. 흥분한 기자들이 플래시를 터뜨리며 뒤를 쫓고 여자는 현지어로 욕설을 퍼붓는다. 상기된 얼굴로 실핏줄 터진 눈을 희번덕거린다. 포효하는 사자와도 같다. 기자들은 수첩에 그렇게 적는다. 경찰이 성난 여자를 진정시키고자 모여들고 기자들이 연달아 셔터를 누른다.

20××년 8월 2일 나이로비 뉴스N

나이로비 근교의 한 펍에서 만취한 한국인 10대 두 명이 현지 경찰에 체포됐다. 국제 자원봉사 단체인 '아이러브 발룬티어'의 참가자들로 케냐를 방문한 이들은 카지아도현의 마사이 빌리지에서 어린이를 숨지게 한 후 차를 훔쳐 달아나던 중에 붙잡혔다. 자원봉사를 명목으로 마을에 거주하던 이들은 홈스테이 주인인 양벵야 여사의 손녀에게 약을 먹여 숨지게 한 혐의를 받고 있다. 마을 사람들의 긴밀한 협력과 현지 경찰의 신속한 추적으로 달아난 지 세 시간 만에 검거된 한국인 10대는 백 모 군과 고 모 양으로 확인됐다. 이들은 범행 전체를 시인하고도 후회나 참회의 모습을 보이지 않아 공분을 사고 있다. 외국인 관광객들이 본국에 들어와 저지른 크고 작은 범죄들은 이제껏 각국의 자국민 보호를 이유로 법망을 피해 갔다. 분노한 양벵야 여사는 다음과 같이 말했다.

"절대로 이들을 자국으로 인도해서는 안 됩니다. 케냐 법으로 반드시 사형에 처해야 합니다. 범죄에 대해 관용이란 없습니다. 이제 참지 않을 겁니다."

이들 범행에 대해 BBC와 CNN 등의 해외 언론은 점점 극악해지는 청소년 범죄에 우려를 표명하면서 해외 원조에 대한 조심스러운 견해를 취하는 가운데, 한국 측은 어떠한 입장도 표명하지 않아 빈축을 사고 있다. 아이러브 발룬티어의 사무국장인 이반 아셰프는 한국인 청소년 자원봉사자들이 참여한 것은 올해가 처음이라고 밝히며 당혹감을 드러냈다. 그는 진심 어린 애도와 함께 케냐 국민에게 용서를 구한다고 전하면서 이번 사건으로 다른 자원봉사자들의 순수한 마음이 오해받는 일은 없어야 하며, 전 세계에서 보내오는 물적 지원이 끊겨서는 안 된다고 강조했다.

코레안들에게는 패턴이 있다

이반 아셰프가 보기에 아프리카는 유럽인들의 땅이었다. 유럽인들이 아프리카에 몰려와 책상에 지도를 펴고 자로 선을 죽죽 그어 자기들끼리 땅따먹기를 했던 그 시절 이야기가 아니다. 그들이 물러간 지 한참 지났지만 여전히 아프리카는 유럽인들의 여행지, 휴양지였고 그쪽에서 들어오는 돈 없이는 굴러가지 못했다. 물론 굵직한 철도 사업이나 통신망, 도로 건설 쪽은 중국인들이 장악했다. 이들의 활약은 비단 아프리카에서만 벌어지는 일도 아니었으므로 넘어가고.

젊고 머리 좋은 케냐 엘리트층이 IT 산업의 신흥 부유층을 형성했다는 기사가 떠들썩하게 나기도 하지만 그건 소수일 뿐이고, 어차피 IT 쪽은 이반 아셰프가 상관할 바가 아니었으므로 패스. 이반 아셰프는 인류애에 기반한 관광사업을 운영하는바 가슴에 사랑이 새겨진 인류 전체가 고객이 된다 할 수 있겠다. 주 고객층은 가까운 유럽과 북아메리카. 머나먼 아시아에서도 여기까지 오기는 왔다. 한국인들에 대해서는 별로 생각해 보지도 않았다. 동아시아는 일단 너무 멀다. 그쪽 사람들은 이반 아셰프의 리스트에 들어 있지 않았다. 엊그제만 해도 그랬다.

정확히는 사흘 전이었다. 이반 아셰프는 나이로비 공항에 갔다가 그들을 목도했다. 코레안. 그들은 곧 새로운 변수가 될 것이었다. 공항 로비를 가득 메운 한국인 단체 관광객은 그의 말랑말랑한 뇌에 각인됐다. 맞춰 입은 단체 티는 우리는 관광을 위해 케냐에 입성하지 않았노라 선언하고 있었으니 지저스, 러브, 스탠바이 갓 등등의 문구로 자신들의 신성한 임무를 드러냈다. 그 많은 인원이 이반 아셰프의 세련된 지프를 지나쳐서 한국인 선교사가 대절한 값싸고 구질구질한 버스를 타고 떠나는 모습을 보았을 때 그의 머리 한 귀퉁이가 쩌릿했다. 세상에. 노다지가 따로 없었다. 저들의 고귀한 스피릿은 아이러브 발룬티어의 사명과 닮아 있었다.

문제는 그들이, 코레안들이 개척한 교회로 직행한다는 데 있었다. 아프리카 곳곳에 교회와 학교가 세워졌으며 해마다 엄청난 신도들이 아프리카로 유입됐다. 그 수많은 발룬티어! 그들은 자신의 휴가를, 자신의 돈을, 자신의 열정을 아프리카에 바쳤다. 이반 아셰프는 배가 싸하게 아파 왔다. 그중 절반이라도 아이러브 발룬티어에 와 준다면 지금 단체가 겪고 있는 인력난과 재정 문제가 단번에 해결될 텐데. 듣자 하니 코레안들은 하루 만에 우물을 파고 담을 세우고, 자기들끼리 알아서 랜선을 깐다던데. 이 아까운 사람들이 다 어디로 가 버렸단 말인가.

코레안 신도들은 지난 세기 유럽인들이 실패한 임무를 대신 떠맡은 것처럼 보였다. 곳곳에 교회를 세우고 말씀을 전파하느라 정신이 없었다. 코레안들이 각자의 교회로 직행하는 대신 세계적인 자원봉사 단체 아이러브 발룬티어에 모인다면 세상은 좀 더 신속히 바뀌지 않을까. 이반 아셰프는 전 지구적 연대를 꿈꾸었다. 해리 백이라면 어떤 돌파구를 마련해 줄지도 몰랐다. 그가 누구인가. 오래전 뽀얀 청년 예수의 얼굴로 케냐 땅에 들어와 메마른 흙을 파고 교회를 짓고 십자가를 세워서 마을 사람들을 신실한 믿음으로 이끌었던 한국인 선교사가 아니었던가.

"한국 교회와 연대를 하자고?"

해리 백이 웃음을 터뜨렸다. 그동안 케냐의 태양은 해리 백의 뽀얀 얼굴을 밀어내고 시커먼 피부와 기미, 주름살을 심어 놓았다.

"하다 하다 별생각을 다 하시네. 자원봉사 단체가 영리를 취하려고 하니까 모양새가 자꾸 웃겨지잖아요. 그냥 욕심을 내려놔요, 사무국장님."

"직원들 월급 주고 월세 내고. 요새 나이로비 물가는 미쳤지. 어려운 거 알잖아."

"어쨌든 그쪽은 영혼 사업인 데다 단독으로 일해요. 교회가 미쳤어? 이윤을 남이랑 나누게. 얘기 끝났으니까 가 봐도 되죠?"

"야, 야, 해리. 좀 앉아 보게."

이반 아셰프가 해리 백이 앉은 의자를 붙들고 말했다.

"한국 시장을 노려 봐야겠어. 아이디어 좀 없나?"

한국 시장이라. 비즈니스? 마켓? 뭐 그쪽으로 먹히는 게 있기는 있었다.

"나이로비에 학원을 세우시든가."

"하건? 그게 뭔데?"

"노노. 하건이 아니라 학원이라니깐."

"이봐, 해리. 발음도 어려운데 그냥 영어로 바꿔서 설명해 주면 안 될까?"

"웃기셔요. 학원은 영어로 대체가 안 되거든. 한국만의 독특한 교육 문화라서. 학교 끝나면 뭘 배우러 가는 데야. 그게 다 학원이고. 피아노 학원, 태권도 학원, 수학 학원. 그중에 제일은 영어 학원이지. 돈 벌고 싶어요? 영어 학원을 세워. 그러면 돼. 한국인들이 사교육비로 쓰는 돈이 연간 한 170억 달러쯤 되지, 아마."

"170억?"

이반 아셰프가 콧구멍을 실룩거렸다.

"영어 교육비만 치면 50억쯤 됩니다. 불쌍한 사람들. 그 돈이 다 어디서 나오는지, 참."

해리 백이 다리를 까불었다. 이반 아셰프는 벌린 입을 다물지 못했다. 그의 머릿속 계산기는 50억 달러를 감당하지 못했다. 그렇다면 가구당 대체 얼마만치를 벌어야 먹고 입고 교육받으며 살 수 있는 건가.

"왜? 뭐 하러 그 짓을 하지?"

"사무국장님은 러시아에서 태어나서 파리에서 공부한 다음 런던에서 사셨죠? 러시아어, 프랑스어, 영어는 어원도 같잖아요? 말하자면 형제지. 근데 우린 완전 이방인이거든. 고달파요, 영어 공부."

"그래서 개인 교사가 붙는 건가? 다들 실력은 끝내주겠구먼?"

"끝내주긴요. 말 한마디 못 하는 아이들이 허다하죠. 아, 문법은 끝내줘요. 사무국장님보다 훨씬 낫지. 토플 점수도 죽여주고. 뭐 다 대학 가려고 하는 짓이니까."

해리 백이 의자를 앞뒤로 까딱거리며 말했다.

"이봐, 해리. 정신 사나워. 의자 그만 좀 삐거덕거리게. 그리고 대체 우리 문제와 코레안들 영어 교육비가 무슨 상관인가? 자넨 꼭 얘기가 딴 길로 빠져."

"하이고, 아깐 나더러 한국 시장을 노린다며. 그래서 하는 얘기예요, 사무국장님. 50억 안에 해외 연수는 포함도 안 됐어요. 영어 배우러 해외로 나가는 아이들 숫자 대 볼까요? 우리 직원들 중 영어 못하는 사람 있어요? 케냐 공용어가 뭡니까? 생각 좀 해 보십쇼."

해리 백이 자신의 머리를 손가락으로 톡톡 치며 실실거렸다. 얼빠진 얼굴로 해리 백을 바라보던 이반 아셰프가 자신의 허벅지를 탁 치며 외쳤다.

"오! 자넨 천재야. 당장 프로그램 짜게. 한국 학생들 좀 모아 보지. 그래, 처음이니까 현지 숙박은 우리 쪽에서 지원해 주는 걸로 하자고. 단체 홍보도 할 겸. 자네 한국 네트워크를 이용하면 되겠구먼. 오랜만에 힘 좀 써 봐."

이반 아셰프가 한쪽 눈을 찡긋거렸다. 구경도 못 해 본 코레안 청소년들의 얼굴들과 어제 나이로비 공항에서 조우한 코레안 신도들의 얼굴이 겹쳤다. 그만큼만 와 준다면. 이반 아셰프의 가슴이 울렁거렸다. 한편 해리 백은 입을 잘못 놀렸다는 생각이 들기 시작했다. 갑자기 떠맡은 괴상한 임무는 뭐지? 한국 네트워크라. 지금 나더러 협찬사를 구해 오라는 건가? 처음부터 어떤 청소년이 제 돈 내고 여기까지 온단 말인가. 아이러브 발룬티어가 뭐 이름난 국제기구도 아니고. 멀어도 너무 멀다. 저가 항공을 이용하면 비행 시간만 스무 시간이 넘게 걸린다.

"자네도 이번 기회에 본부로 올라와야지."

해리 백은 얄미운 사무국장의 뒤통수를 노려보았다. 그는 해리 백의 약점을 너무 잘 알았다. 어차피 해리 백은 돌아갈 곳이 없다. 그렇다고 언제까지나 마사이 빌리지에 눌러앉을 수만은 없었다. 그곳은 지옥이자 심판대였다. 이제 나와야 할 때가 됐다.

해리 백은 사무국장의 방을 나오자마자 당장 머리를 굴리기 시작했다. 그나저나 한국의 스마트하신 어머님들을 어떻게 꼬신담. 아는 사람이 누가 있더라. 너무 오래 떠나와 있었다. 메일로 서로의 안부를 묻던 구시대에 떠나, 톡 한 번이면 그 자리에서 모든 것이 해결되는 신세기에 와 있는데도 그는 원시인처럼 컴퓨터 앞에 앉았다. 해리 백은 오랫동안 처박아 두었던 메일 주소록을 하나하나 체크했다. 기억도 가물가물한 지인들의 아이디와 별명을 훑으며 해리 백은 어느새 미소 짓고 있었다. 좋았던 시절에 알던 사람들이었다. 늙지 않은 얼굴들이 생글거리며 인사를 건네는 기분이 들었다. 오랜만에 심장이 말랑말랑해지고 뜨뜻해졌다. 그러다 느닷없이 강미숙 이름 세 글자가 떠올랐다. 앗, 깜짝이야. 해리 백은 너무 놀라 그대로 창을 확 닫아 버렸다. 아직도 저기 들어앉아 있었어? 강미숙의 세 겹짜리 쌍커풀, 그 커다란 눈망울이 해리 백을 노려보고 있는 기분이 들었다. 치, 내가 뭐 꿀릴 거 있어. 죄는 내가 지은 게 아니지 않은가. 해리 백은 다시 창을 열고 용건을 간결하게 남겼다. 10년 만의 연락이었다.

처음에 강미숙은 해리 백? 이 자식이 미친 거 아닐까. 그러지 않고서야 어디라고 감히 제가 나에게 메일을 보낸담, 하고 생각했다. 휴게실에 새로 들인 에스프레소 기계에서 막 아메리카노를 내린 참이었다. 그냥 휴지통에 넣어 버려? 미숙 씨는 뜨거운 커피를 노려보았다. 혹시 누가 다쳤나? 부고라도 왔으면 어쩌지. 미숙 씨는 찌질한 반응을 보이고 있는 스스로에게 화가 나서 결국 메일을 열었다. 내용은 기가 찼다. 안부는 과감하게 생략. 다짜고짜 아이러브 발룬티어라는 단체에 대한 기고만장한 소개. 그리고 이어지는 싸가지 없는 비즈니스 제안. 뭐, 우리더러 청소년 해외 자원봉사 캠프를 후원하라고? 사회적 환원으로 이번 프로그램을 선도한다면 국내에 신선한 바람을 일으키는 동시에 최고의 홍보 효과를 보게 될 거라고? 미숙 씨는 웃음이 나왔다. 유치한 건 여전하네.

미숙 씨가 다니는 이지고 투어는 평판과 실적을 고루 갖춘 탄탄한 여행사였다. 바야흐로 해외 단기 패키지여행의 전성시대였고 터무니없이 싼 가격으로 국내 중소 여행사들을 싸악 몰아내고 판을 휩쓴 형편이었다. 고객들은 자신의 SNS에 여행 사진을 올리며 알아서 이지고 투어를 홍보해 줬는데 그런 식의 광고는 요즘 트렌드에 아주 잘 맞았다. 해외 전문 여행사답게 이미 유엔난민기구에 충분히 기부하고 있으며, 각종 행사를 통해 사회적 환원을 선도하고 있다는 것이 미숙 씨의 판단이었다.

아이러브 발룬티어라. 나름 디자인에 신경 쓴 깔끔한 홈페이지와 오래전 왔다 간 할리우드 배우들의 사진은 어쩌다 접한 일반인들의 관심을 끌지도 몰랐다. 하지만 쯧쯧. 요새 정체불명의 NGO가 어디 한둘인가. 아니, 그런 모호한 느낌은 아예 지우고 아이러브 발룬티어처럼 국제 협력 단체라는 상호를 쓰며 돈을 버는 여행

사도 허다했다. 그런 요상한 업체들이 알선하는 하루짜리 현지투어는 단체 관광객들을 몰고 가서 시골 마을의 물을 흐리고, 멀쩡하게 살고 있는 아이들을 낯선 외국인만 보면 동전을 요구하게 만든다. 사진을 찍어 주면 몇 달러, 현지식 점심을 해 주면 몇 달러. 관광객들은 짧은 자원봉사에 참가했다가 괜한 기부와 참가비를 덤으로 요구받기도 한다.

착한 여행이 유행하면서 미숙 씨도 한때 아프리카 현지 여행사와 손을 잡고 이런 프로그램을 운영했던 적이 있다. 커피 농장 투어, 반일짜리 자원봉사, 빌리지 투어, 소똥집 짓기, 이런 것들은 빤한 관광에 질린 현대인들에게 새로운 여행 트렌드로 다가왔다. 많은 이들이 현지식, 지속가능성, 자립, 공정, 착한, 에코, 유기농 기타 등등의 단어에 사로잡혀서 그런 참여가 세상을 좋게 만든다고 착각한다. 미숙 씨가 보기에 그들은 착하다는 게 무슨 뜻인지 잘 모르는 것 같았다. 착한 건 현상을 어수룩하게 덮는 거다. 그래서 그런가. 요샌 다크 투어리즘이 새로이 떠올랐다. 지난 세기에 인류가 저지른 죄상을 덮지 않고, 들추어 찾아가서 보고 배우겠다는 것인데 이러나저러나 업계 사람이 보기에 궁극의 목적은 모두 돈으로 귀결되었으니 다르긴 뭐가 다르냐. 미숙 씨는 텀블러에 뜨거운 물을 부었다.

다른 기업도 아니고 착한 것과는 담 쌓은 여행사 간부에게 이런 저급한 제안을 한 것도 괘씸하지만, 어릴 때처럼 징징대면 들어줄 거라고 착각하는 태도를 해리 백이 아직도 청산하지 못했다니 불쌍하다는 생각마저 들었다. 아프리카로 떠날 때도 해리 백은 스스로가 착하다는 환상에 사로잡혀 있었더랬다. 자신이 세상을 나아지게 할 것처럼, 보탬이 될 것처럼. 그땐 그나마 청순미라도 있었건만 지금은 아예 대놓고 장사를 하자고 꼬시네. 미안하지만 이런 손해나는 장사를 내가 왜 하니. 우리 회사가 무슨 자선단체야. 미숙 씨는 메일을 휴지통에 버리고 텀블러를 들고 복도로 나갔다.

건물 전체를 둘러싼 유리벽 너머로 바깥 풍경이 훤히 내려다보였다. 교복 입은 고등학생들이 장난을 치며 지나가고 있었다. 쟤들은 지금이 몇 신데 밖으로 나왔어. 미숙 씨는 시계를 보았다. 맞다, 천수도 벌써 끝났겠네. 휴대폰을 들고 엄지로 액정을 쓸 자 마이 넘버원 백천수의 얼굴이 뜬다.

"하이, 백천수 씨. 시험 잘 봤어?"

저쪽에서는 아무 대답이 없다.

"점심은?"

"어, 아뇨. 아직."

얼버무리는 말투가 미숙 씨의 신경을 건드린다. 매가리 없기는.

"배 안 고파? 뭐라도 먹어야지."

"오늘은 야채가 저기…… 단무지가 떨어졌다고…… 주문을 했는데 3시? 3신가 그때나 돼야 온다는데 지금…… 아직 12시니까 세 시간이나 남았잖아요?"

20

어후 답답해. 미숙 씨는 휴대폰을 바꿔 잡았다.

"그래서 핵심이 뭔데?"

"그니까 김밥이 안 된대요."

"김밥을 왜 먹어? 그런 거 말고 음식다운 거."

"아니, 그냥 샌드위치나."

"노노, 샌드위치 말고. 아침에 빵 먹었잖아. 점심엔 밥 먹어야지. 딴 데 가 봐. 독서실 앞에 음식점이 거기 하나만 있는 것도 아니고. 응?"

"걍 샌드……."

"아니! 그 옆에 초밥집 있잖아. 거기 가, 응?"

미숙 씨의 애원조에 짜증이 묻어났다. 그런 뉘앙스는 귀신같이 눈치채는 아이였다. 대답이 없다. 미숙 씨는 너 좋을 대로 하라면서 전화를 끊었다. 이럴 때 보면 고집이 있는 아이였다. 말을 도중에 끊으면 입을 꾹 닫는다. 미숙 씨의 마이 넘버원 백천수는 밖에서 점심을 먹을 경우 또와 분식집을 이용했는데 그곳 말고 다른 음식점은 안 갔다. 천수는 가는 데만 가고 입는 옷만 입고 먹는 음식만 먹었다. 다른 곳은 낯설고 불편해했다. 호기심도 모험심도 없었다. 식욕 같은 거라도 있으면 메뉴별로 밥집을 훑으며 돌아다닐 텐데 그런 것도 없었다. 천수가 아이들 다 가는 편의점에서 라면이나 삼각김밥을 안 먹는 이유는 입맛이 고급이어서가 아니었다. 편의점은 입술이 시뻘개진 아이들이 서로 라면 국물을 튀기고 욕설을 퍼붓고 휴지에 코를 팽팽 풀어 던지고 몰래 담배를 챙겨서 뒷골목으로 사라지는 곳. 학교, 학원, 독서실 아이들이 서로의 커뮤니티를 형성하는 사교장이 아닌가. 그런 곳에 천수는 스미지 못했다.

형수님, 천수는 잘 지내요?

해리 백은 건조하게 나가다가 마지막에 천수를 미끼로 던졌다.

그쪽에서 아이들 모아 주면 심사는 저희 쪽에서 하는 걸로 하죠. 그래야 모양이 괜찮잖아요. 제가 천수는 0순위로 뽑을 테니까 한번 보내요. 이거 스펙으로 나쁘지 않아. 유럽 아이들은 방학 때마다 아주 썼어요. 걔들이랑 어울리고 친구도 사귀고 얼마나 좋아. 녀석 많이 컸겠다.

해리 백은 메일을 꼭 저렇게 쓴다. 마치 옆에 사람이 있는 것처럼. 전화로 수다 떨 듯 친근하게. 거슬렸다. 어디 감히 천수를 끌어들이고 있어. 그리고 지금이 어느 시댄데 스펙을 들먹이니. 옛날이야기를 하고 있어. 요새 입시 추이도 모르는 주제에 아프리카 시골에서 아는 척은. 그럼에도 해리 백의 마지막 말이 자꾸 머리를 흔들었다. 걔들이랑 어울리고 친구도 사귀고. 어쩌면 천수가 유럽 아이들이랑 코드가 맞을지도 모르겠다는 기대가 자꾸 얼씬거렸다. 친구가 없는 건 다 여기 아이들한테 문제가 있어서다. 다들 성적에 미쳐 날뛰니 천수의 소박한 성정과 세심한 마음 씀씀이가 아이들에게 먹힐 리 있겠는가.

이번에 캠프를 보내 보고 이참에 아예 그쪽으로 유학을 보내?

따지고 보면 아프리카야말로 앞으로 유일하게 성장 가능성이 있는 땅이 아닌가. 모든 대륙이 포화 상태다. 한국 사람들은 아직도 자식을 미국에 못 보내서 안달이지만 세계에서 유일하게 영어 못해도 잘 살 수 있는 나라가 있다면 미국이다. 어딜 가도 한국 마트, 한국 교회, 한국 학원까지 있다더라. 미숙 씨는 저도 모르게 아프리카의 대초원과 그곳의 새카만 어린아이들 그리고 그 속에 새하얗게 빛나는 천수의 모습을 그려 보았다. 그래, 모두가 한곳으로 달려갈 때 멈추어 뒤를 돌아볼 것. 뒤만 보나. 옆도 살피고 아래도 내려다볼 것. 그때 비로소 남들이 쑤시고 들어가지 않은 틈이라는 게 보이는 거다. 그 사이로 살살 잘 파고들면 한국 사회에서 시들고 기죽은 천수가 이끼처럼 새살을 돋우고 새파랗게 피어날지도 몰랐다. 미숙 씨는 뜨거운 커피를 왈칵 들이켰다. 입천장을 데었지만 기분은 좋았다.

그날 오후 이지고 투어의 홈페이지에는 새로운 공고가 올라왔다.

— 고등학생 해외 봉사 캠프 참가자 모집 —

이지고 투어가 이번 여름 국제 자원봉사 단체 아이러브 발룬티어가 주최하는 청소년 캠프에 대한민국 청소년을 파견합니다. 매년 여름 나이로비에서 열리는 국제 봉사 캠프에는 각국에서 선발된 청소년들이 3주간 현지 스태프와 함께 자원봉사와 빌리지 체험, 사파리 여행 등을 하게 됩니다. 이지고 투어와 함께 국제적인 경험과 아프리카의 대자연을 경험하게 될 이번 캠프에 많은 성원 바랍니다.

선발 대상: 대한민국 국적의 고등학생 혹은 이에 준하는 청소년

선발 인원: 2인

지원 내용: 항공비 일체. 여행자보험. 국제 자원봉사 단체 아이러브 발룬티어에서 주관하는 3주간의 봉사 캠프. 빌리지 체험, 사파리 여행 전액 지원.

선발 요강: 기본 영어 회화를 구사하며 국제 시민으로서의 소양을 가진 청소년. 앉아서 하는 공부보다 경험을 중요시하는 청소년. 뜨거운 열정과 열린 마음, 이웃에 대한 사랑을 가진 청소년 우선 선발.

* 본 캠프 참가는 나이로비에 본부를 둔 국제 자원봉사 단체 아이러브 발룬티어에서 엄격하고 공정한 과정을 거쳐 선발합니다.

　　뭐, 나쁘지 않네. 미숙 씨는 공부 중독에 빠진 한국 사회에 딱 필요한 새로운 해법이라고 쓰고 싶었지만 참았다. 너무 쑤시면 도리어 반발을 사게 된다. 마지막에 영어 실력 어쩌고를 넣은 건 잘 나가다 찬물을 끼얹은 격이었지만 해리의 의중을 미숙 씨가 모르지 않았다. 어쨌든 해외 체험은 영어와 직결되어야 한다. 그건 청소년을 대상으로 하는 모든 장사의 기본이었다.
　　첫 회는 이지고 투어가 협찬을 한다. 사람들이 관심을 갖는다. 입소문이 돈다. 이런 프로그램이 있대. 유럽 아이들은 방학 때마다

간다는데. 엘리트 교육. 그동안 우리 시야가 너무 좁았어. 부모들은 반성한다. 학원 대신, 어학연수 대신 인성 교육에 영어까지 해결되는 아이러브 발룬티어에 보냅시다. 유행이 된다. 아이러브 발룬티어의 은행 잔고가 쌓인다. 아프리카 아이들에게 수혜가 돌아간다. 글쎄, 그건 잘 모르겠다. 아이러브 발룬티어를 비영리단체라고 볼 수는 없을 것이다. 비영리라는 말 자체가 웃기는 거다. 영리 없이 운영되는 단체가 어디 있다고. 교회도 영리 사업이다. 아이러브 발룬티어의 정체는 선진국 사람들의 아프리카 판타지에 자원 활동과 빌리지 체험을 얹은 전문 여행사 정도로 정의 내릴 수 있겠다. 해리 백이 어쩌다가 저런 데로 가서 처박혔대. 쌍둥이 둘 다 보란 듯이 망했군. 이제 와서 미숙 씨가 상관할 바는 아니었다. 마이 넘버원 백천수. 이게 다 그 아이를 위해서였다.

마이 넘버원 백천수

천수는 조금 쑥스러웠다. 가만있어도 저절로 웃음이 났다. 뭔가에 뽑혔다는 게 이렇게까지 좋은 것인지 몰랐다. 대다수는 이런 게 있는지도 몰랐겠지만 이지고 투어와 아이러브 발룬티어 홈페이지에 각각 자신의 이름이 떡하니 올라 있는 것 자체로 세상의 모든 스포트라이트를 받는 기분이었다. 관심의 대상이 된다는 것은 이런 거였다. 어색하게 기쁜 것. 안 그러려고 하는데도 얼굴 근육이 알아서 실룩거리는 것.

"고2가 무슨 해외 자원봉사냐."

담임은 면박부터 주었다. 국제 무슨 단체에서 뽑혀 간다고 했더니, 너 같은 애가 방학 동안 틀어박힌다고 성적이 팍팍 오를 것도 아닌데 그래, 차라리 놀아라 놀아 하면서 겨우 긍정해 주었지만 녀석 제법인데 하는 묘한 표정도 지어 주었다.

천수는 누가 봐도 너무 평범했다. 보통의 키에 보통의 생김새, 보통의 성적을 유지하는 중간치의 아이였다. 천수의 일상 또한 특별할 게 없었다. 학교가 끝나면 학원을 갔고, 학원이 끝나면 엄마 차를 기다렸다.

10시경의 학원가는 활기로 넘쳤다. 삼삼오오 모인 아이들은 편의점에서 사 온 과자를 먹으며 활발하게 욕을 했고 농담을 했고 장난을 쳤다. 그 안에 어정쩡하게 낀 천수는 간식을 먹는 대신 손가락을 뜯어 먹었다. 엄마는 늘 손톱 뜯지 말라고 주의를 주었지만 사실 천수가 뜯는 것은 손톱 주위의 살 껍질이었으니 상관없지 않은가. 얼뜬 표정으로 손가락을 뜯는 천수에게 눈길을 주는 그룹은 없었다. 결론적으로 천수에게는 친구가 없었다.

뭐, 괜찮다. 천수 또한 괜한 아첨을 떨어 가며 급식 시간에 대동할 친구를 억지로 만들 생각은 없었다. 반 아이들은 천수를 게이, 마마보이, 등신 등으로 불렀지만 딱 거기서 끝났다. 더 이상의 괴롭힘이나 간섭은 없었다. 중간은 그래서 좋았다. 담임은 아이들 공부에 방해된다고 해외 봉사니 캠프니 절대 입 밖으로 꺼내지 말라고 그랬지만 하필 같은 반에 지원자가 있었으니 소문은 파다하게 퍼졌다.

"마마보이가 아프리카에 간다고? 웃겨. 지가 엄마 없이 어딜 가?"

"마마가 힘 좀 썼나 보네. 이지고 투어 사장인가 그렇잖아. 봤지?

세상은 요지경."

이렇게 왁자하게 떠드는 소리가 천수의 귀에는 닿지 않았으니 천수에게는 그런 귀가 없었다. 천수는 일찌감치 귀를 잘 닫아거는 비법을 터득했는데 그건 집안의 잦은 싸움 덕택이었다. 지금은 얼굴도 기억나지 않는 아빠와 삼촌, 할머니, 엄마가 주요 등장인물이었다. 키와 덩치가 엄청나게 컸던 할아버지는 딱 한 번 등장했는데, 다짜고짜 아빠를 두드려 패고 집에 걸린 모든 액자를 박살 내고는 사라졌다. 그 후로 할아버지는 다시 집에 오지 않았다. 대신 삼촌과 할머니가 와서 아빠와 엄마를 못살게 굴었다. 할머니와 아빠는 울었고 엄마는 소리를 질렀다. 그런 밤이면 천수는 오줌을 쌌다. 그 현장에 이모도 있었던가. 엄마에게 자매는 없건만 아빠가 집을 나가고 이모가 들어와 함께 살았던 기억이 천수에게 남아 있었다.

천수가 일곱 살이 되었을 때 별안간 집이 조용해졌다. 등장인물들이 싸악 사라졌다. 더 이상 귀를 닫지 않아도 돼서 좋았지만 천수에게는 이미 귀가 없어진 후였다. 그 기술이 효험을 발휘한 것은 학교에 들어가면서부터였다. 학교는 욕설과 비방의 경연장이었다. 그때마다 귀는 알아서 닫혔고 천수는 공상에 잠기거나 책을 펴놓고 읽었다. 천수는 싸움에 휘말리고 싶은 생각이 없었다.

천수는 아이들이 뭐라 그러거나 말거나 그냥 조용히 교실을 빠져나갔다. 컴퓨터실에 앉은 천수는 검색창에 아이러브 발룬티어를 쳤다. 창이 열리자 가장 먼저 그곳을 거쳐 간 유럽과 미국의 청소년들과 아프리카 어린이들이 활짝 웃고 있는 사진이 올라왔다. 천수는 저 먼 곳 아프리카를 상상해 보았다. 곧 만나게 될 꼬질꼬질한 아프리칸 꼬맹이들과 주근깨 가득한 뽀얀 피부의 유러피안 친구들을 생각하자 괜히 가슴 안쪽에서 인류애가 스멀스멀 올라왔다. 처음 만났을 때 '나이스 투 미츄?'라고 인사할까 아니면 '글래드 투 미츄?' 촌스럽게 보여서는 안 되는데. 장황하게 쓰인 소개 글을 읽다 지친 천수는 번역기를 열었다.

우리는 전 세계의 젊은이들이 봉사를 통해 이웃에 대한 사랑을 실천하고, 세계를 보는 다양한 시각과 더 넓은 세상을 체험하게 하는 것을 목표로 설립됐다.

구글 번역기가 갈수록 높은 수준의 번역을 자랑하고 있었다. 뭐, 이 정도야 혼자서도 해석할 수 있지만 급할 때 잠깐 이용하는 것뿐이다. 아니, 천수는 곧 이런 습관도 고쳐야겠다고 마음먹었다. 당장에 실전이다.

물론 천수가 외국을 안 나가 본 것은 아니었다. 초등학교 때부터 방학이면 외국으로 휴가를 떠나고는 했으니까. 엄마는 여행의 베테랑이었다. 전 세계에서 가 보지 않은 데가 없었고 모르는 게 없었다. 천수는 엄마와 단둘이 자유 여행을 했지만 패키지로 다니는 것과 마찬가지였다. 가이드이자 통역가인 엄마는 여행지마다 장황한 안내와 유창한 영어로 천수의 기를 죽였다. 관광지에서 겨우 풀려나면 다음 순서로 레스토랑이 천수를 괴롭혔다. '아이 우드 라이크 크랩 샌드위치'가 좋을까, 공손하게 '우쥬 기브 미 썸 크랩 샌드위치'가 좋을까. 그건 그렇고 크랩 샌드위치 앞에 '썸'을 붙여, 말아. 아니, '어'를 붙이는 건가. 그사이 엄마는 "크랩 샌드위치 플리즈"라고 간단하게 선수 쳤다. 천수는 번번이 기회를 놓쳤다. 엄마 앞에서 천수는 한마디도 할 필요가 없었다. 여행이 끝날 무렵 엄마는 늘 이렇게 말했다.

"백천수 씨, 어째 말 한마디를 못 해? 내가 이런 것까지 다 해 줘야 해?"

천수는 억울했지만 참았다. 곧 기회가 올 것이다. 대학만 가 보라. 이깟 문법 공부는 다 치우고 회화에 매진하리라. 그런데 웬걸. 이렇게 빨리 기회가 오다니. 그것도 해외에서 직접 심사하는 캠프에 선발되지 않았는가. 천수는 좀 으쓱해졌다.

천수는 이번 여름방학 때 계획이 있었다. 허락받지 않은 모험. 공식 용어로 가출이라고 하지. 통장에는 엄마가 모르는 돈이 꽤 쌓여 있었고 그걸 가지고 어디든 떠날 작정이었다. 마침 항공권을 예매하러 들어갔는데 거기서 아이러브 발룬티어 캠프 광고를 만났다. 그렇게 된 거다. 광고는 천수의 아이패드에 떠 있었고, 메일에도 들어와 있었고 집 컴퓨터에도 떠 있었고, 엄마가 식탁 위에

펼쳐 놓은 노트북에서도 보였다. 이게 다 굉장한 우연이나 기회혹은 운명이라고 착각한 천수는 엄마 몰래 지원서를 냈다. 천수는이번만큼은 자기 삶을 스스로 결정했다고 믿었지만 실은 그렇지않았으니 엄마의 그늘은 깊숙하고도 넓었다.

그럼 자기 아들을 천수 씨라 부르는 미숙 씨에 대해 잠깐 알아볼까. 미숙 씨는 대학 내내 가난한 배낭여행자 신분으로 싸돌아다닌 경험으로 일찌감치 여행사에 취업, 여행지에서 진화한 생활 영어와 발로 뛰는 영업으로 높은 실적을 올렸고, 여행 업계에서 아이디어와 기획이 뛰어나다는 정평을 일찌감치 얻었다. 저가 항공이 막 태동하던 시기에 과감히 회사를 나온 후 투자를 받아 동료들과 이지고를 창립하여 지금의 자리에 이르렀다. 미숙 씨는 직원들에게 근엄한 간부가 아니라 현실적인 멘토이자 돈 잘 쓰는 선배였으며, 학부모 세계에서는 쿨한 맘으로 정평이 나 있었다. 미숙 씨는 학부모 모임에 가면 이렇게 말하고 다녔다.

"나랑 우리 아들은 그냥 동거인이에요. 자기 인생 자기가 사는거지, 뭐. 어후, 간섭 서로 안 해요. 할 시간도 없어."

미숙 씨는 아침 7시면 집을 나섰고 밤 9시에 집으로 들어오는날이 많았으니 그냥 동거인이라는 표현이 틀린 말은 아니었다. 예외 없는 규칙은 없듯이 이런 상황은 주말에 종종 발생했다. 그 동거인은 주말이 되면 탐정으로 변신했다. 주중에 벌어졌던 수많은범죄들은 각종 목격자, 즉 학원 선생, 과외 선생, 가사 도우미, 경비 아저씨 심지어 컴퓨터 기록들을 통하여 추적되었고 낱낱이 파헤쳐졌다. 물론 미숙 씨는 배울 만치 배운 똑똑한 여성이었으므로 각종 육아 서적과 팟캐스트에서 알려 준 대로 아들을 나무라거나 처벌하지 않았다.

주말은 그저 힐링과 회복의 시간이었다. 천수는 자신이 주중에 벌인 범죄로 인해 손상된 많은 부분들을 고치고 메꾸고 보완하여 제자리로 돌려놓았다. 그렇게 회복의 시간이 지나면 어느새 일요일 밤이 되었고, 천수는 엉덩이가 짓무르도록 앉아 있었던 의자에서 일어나 베란다로 나갔다. 52평 아파트에 베란다는 없었다. 베란다가 있었던 자리는 확장되어 거실이 되었고, 그 끝에는 길고 두터운 유리창 여섯 칸이 붙어 있을 뿐이었다. 그 자리에 서서 천수는 길 건너 공원을 내려다보았다. 바깥에서 불어오는 바람은 자유를 상상케 했다. 누군가에게는 길 건너 공원에서 김밥을 먹고, 연을 날리고, 인라인스케이트를 타는 삶이 허락되었을 거라는 상상을 하자 속에서 매운 핫소스 맛이 올라왔다. 그때 뒤에서 허스키한 미숙 씨의 목소리가 들려 왔다.

"백천수 씨, 감기 걸린다. 문 닫아. 디너 이즈 레디."

천수는 창문을 닫고 앞치마를 두른 미숙 씨 앞에 앉았다. 주말에는 무슨 일이 있어도 집밥을 해 먹이겠노라 작정한 미숙 씨는 다양한 블로그를 통해 레시피를 전수받으며 실천에 옮겼다. 그날 저녁은 안심스테이크, 치즈와 베이컨을 넣고 구운 감자, 손수 구운

천연 효모 빵이었다. 천수는 식탁에 앉아서 스테이크를 썰며 그새 변한 집 안을 둘러보았다. 집은 깨끗했고 잘 정돈됐다. 천수는 주말마다 자신의 집에서 무언가가 계속 빠져나간다고 느꼈지만 그게 뭔지는 잘 몰랐다. 미숙 씨는 주말이면 작정한 듯 갖가지 물건을 내다 버렸고 직장으로 돌아가면 어제 버린 것과 비슷한 것을 앱 쇼핑으로 간편하게 사들였다. 천수가 보기에는 똑같은 물건이었지만 엄마 앞에서 그런 얘기는 하지 않았다. 그녀 말대로 천수 씨와 미숙 씨는 동거인이 아니던가. 천수는 자신만큼은 동거인의 권리 내지는 의무를 다하고 싶었다. 천수가 다 먹고 난 접시를 씻으려고 하자 동거인이 다가와 말렸다.

"야, 백천수 씨. 그런 건 엄마가 할게. 넌 힐링이나 마저 하셔."

잠깐이라도 서 있을 핑곗거리를 빼앗긴 천수는 다시 방으로 돌아왔다. 너무 부드러워 씹지도 않고 삼킨 안심스테이크가 속에서 물컹거렸다. 거실 소파에 앉은 엄마는 유명한 스님이 쓴 에세이를 읽으며 구멍 난 마음을 힐링했고, 천수는 구멍 난 학습을 힐링했다. 천수는 대한민국에 힐링이라는 외래종 단어를 처음 들여온 사람을 죽이고 싶었다. 그러나 그깟 힐링이 문제가 아니었다. 바야흐로 회복기가 오고 있었으니 여름방학이었다. 방학은 자잘한 상처를 치유하기보다 문제의 근원을 잡아내어 수술하기 좋은 때였다. 학습에 병약한 천수를 위해 미숙 씨는 대수술을 예약해 놓은 상태였다.

미래 아카데미는 한 달 동안 엄선된 남자 고등학생을 딱 스무 명만 입원시켜 학습에 치명적인 각종 암과 종양을 완전히 제거한 후 새살을 입히겠다는 약속을 했고, 미숙 씨는 세 달 전에 미리 등록금을 완납한 상태였다. 천수는 그때부터 오른쪽 눈꺼풀을 떨기 시작했다. 미숙 씨는 아들의 처진 눈꺼풀과 갉아먹은 손톱을 볼 때마다 가슴이 따끔거렸다. 어쩌다 저런 못난 자식을 키우게 됐을까. 저걸 스파르타식 학원에 감금한다고 뼛속에 박힌 맹한 기운을 다 뽑아낼 수 있는 건가 말이다. 미숙 씨는 하루에도 몇 번씩 고뇌했다. 대한민국 교육 시스템에는 분명 문제가 있다. 모두가 단 하나의 트랙 위에서 단 하나의 목표점을 향해 달려간다. 천수 같은 아이도 살아갈 다른 길이 분명히 있어야 했다. 그러나 미숙 씨가 알기로 그런 길은 존재하지 않았다. 다른 길이 있다면 그건 그저 찌꺼기들의 세상이었다. 그러니 막차라도 잡아타고 끝까지 쫓아가야 했다. 그런 미숙 씨에게 난데없이 해리가 괴상한 제안을 한 것이다.

여기 한번 오게 해요. 세상 넓어. 한국 그 쪼그마한 땅덩이에서 뭘 그렇게 바글대. 여기 오는 아이들은 벌써부터 인생 즐기는 법을 안다니까. 천수라고 그러지 말란 법 있나.

미숙 씨의 여덟 번째 갈비뼈가 달가닥거렸다. 쓸데없는 반쪽 유전자를 던져 준 백씨 집안에게서 아주 작은 일부를 보상받은 기분이었다. 캠프에 뽑히자 소심하고 어눌하던 아들에게 생기가 돌았다. 짝짝이로 찌그러졌던 두 눈이 멀쩡하게 돌아왔다. 미숙 씨는 그 안에서 희망을 보았다. 물론 손실도 발생할 것이다. 그러나 미숙 씨는 결코 전방위적인 플러스를 원하는 유형이 아니었다. 완벽한 인생이 어디 있겠는가. 그녀는 마이너스를 두려워하지 않았다. 득점을 올릴 수 있는 구석은 늘 있기 마련이다.

아빠의 부재라는 손실을 메꾸기 위해 성공한 남성 지인들을 자주 식사 자리에 초대하는 것도 마찬가지. 아들은 잘나가는 그들에게서 좋은 남성상을 발견할 것이다. 좋은 표본과 본보기들, 소년과 남자 어른의 교우, 멘토와 멘티. 미숙 씨의 계획은 늘 앞서갔지만 현실에서 소년은 남자 어른과 좀처럼 어울리지 못했다. 천수는 여자 어른이 더 편했다.

아무리 미숙 씨가 세련되게 사고해도 늘 걸려 넘어지는 구간이 있었으니 바로 마이 넘버원 백천수였다. 그 구간은 꽉 막혀서 새로운 사고가 터져 나오지를 못했다. 그 구간은 돈으로도 애정으로도 돌파되지 못했다. 그 구간은 컴컴하고 습한 터널처럼 가도 가도 입구가 나오지 않았고, 그 안에서는 도무지 행복해지지가 않았다. 미숙 씨는 함정에 빠진 기분으로 해리에게 전화를 걸었다. 10년 만이었다.

"안부는 됐고. 입단속 잘해. 그 애는 당신들과는 아무 상관 없어. 천수가 아빠랑 삼촌이랑 쌍으로 망한 꼴을 보고 실망하길 원하는 건 아니겠지."

전화기 저편의 해리는 조용했다.

"대답해. 왜 아무 말이 없어."

"나, 형이랑 쌍둥이야. 닮았어요."

"입 다물어. 넌 그이와 하나도 닮지 않았어. 그리고 천수는 아빠 얼굴 기억도 못 해."

"하긴. 더 이상 형도 아니지."

지구 반대편에서 들려오는 낯선 웃음소리. 미숙 씨는 해리를 향해 주먹을 날리고 싶었다. 그런 힘찬 감정은 아예 속에서 죽어 버렸다고 생각했는데. 아주 오랫동안 평정심을 잃지 않고 살아오지 않았던가. 후회가 됐다. 처음부터 너무 위험한 거래였다.

"오케이, 돈 워리. 나, 녀석 앞에 얼씬도 안 해."

해리가 나직한 목소리로 말했다. 미숙 씨는 답도 없이 전화를 끊었다. 목소리가 너무 닮았어. 더 이상은 들을 수 없는 그 목소리. 미숙 씨의 머리가 덜컹댔다. 흔들거리는 머리를 잡고 하이힐을 벗었다. 발가락을 주무르자 울렁이던 세상이 조용히 가라앉았다.

고승아는 영어를 못하는 게 아니다
안 하는 거다

.

    땀이 났다. 오르막길은 언제나 힘에 부친다. 몸 전체에 붙은 살들이 박자를 맞추며 같이 떨린다. 그래, 올여름은 이걸 운동 삼자. 살이 조금은 빠질 것이다. 워낙 고된 일이니 알바 도중에도 조금씩 살은 빠져나갈 것이다. 뜨거운 불판 앞에서 지방이 배겨 내겠어? 고승아는 씩씩대며 자신의 새로운 계획에 만족하고는 계속 걸어갔다. 마침내 먹자 갈빗집 간판이 보이자 승아는 숨을 골랐다. 그런데 웬걸. 간판이 땅바닥에 떨어져 있었다. 건설 기능공들이 안에 있는 물건을 밖으로 내던지고 벽면을 부수고 있었다.

    "어어어, 아저씨들 뭐 하시는 거예요?"

    승아가 안으로 돌진했다.

    "너 뭐냐?"

먼지를 뒤집어쓴 기능공 한 명이 드릴을 멈추고 뒷걸음쳤다. 승아는 무너져 내린 벽면 앞에 서서 두 팔을 번쩍 들었다.

"우리 사장님도 이거 아세요?"

"야! 어떤 새끼야?"

헬멧을 쓴 공사 반장이 먼지 속에서 모습을 드러냈다.

"너 누군데 훼방이냐? 이 집 빚쟁이야?"

"그게 아니라. 저 여기 갈빗집 알바생인데요."

"난 또 뭐라고. 이봐 학생, 여기 내부 공사 중인 거 안 보여? 갈빗집 망했잖아. 우린 다음 주까지 여길 술집으로 싹 바꿔 놓아야 하거든? 어여 꺼져."

공사 반장이 손을 까딱거리자 사방에서 먼지가 풀풀 날렸다. 승아는 떠밀려 밖으로 나왔다. 먹자 갈빗집이 망했다고? 이런. 승아의 여름방학도 망했다. 먹자 갈빗집 말고 다른 아르바이트는 생각도 못 했다. 그동안 사장 내외가 얼마나 승아에게 잘해 주었던가. 시급도 괜찮을 뿐 아니라 먹을 것도 풍족해서 승아는 대만족이었다. 승아는 배고픈 걸 제일 못 참는다. 어려서 할머니가 잘 챙겨 주지 못한 탓에 클수록 먹을 것에 집착했다. 알바로 음식점을 택한 것도 다 그런 이유였다. 사장 아주머니는 승아와 비슷한 덩치였는데 조금만 배가 고파도 일을 못 하는 사람이어서 식사 시간만큼은 칼이었다. 아주머니와의 궁합은 그뿐이 아니었다. 승아의 머릿속에 그날의 사건이 떠오르기 시작했다. 술 취한 남자가 승아의 엉덩이를 손바닥으로 철썩 때린 그날 말이다.

승아는 2번 테이블로 다가가 물컵을 놓는 중이었다. 아주머니는 3번 테이블에서 갈비를 자르고 있었다. 모두가 분주히 먹고 떠들고 잔을 부딪치고 꺼억꺼억 트림을 하고 각자 좋아하는 연예인의 열애설 및 불화설에 열을 올렸다. 그 와중에 어떤 더러운 손이 어린 승아의 엉덩이에 닿았다. 5초도 되지 않아 사장 아주머니는 더러운 손의 주인을 찾아내 귀싸대기를 날렸다. 불판을 엎지 않은 게 다행이었다. 그때 사장 아저씨는 5번 테이블의 불판을 들어내고 있었다. 그로 말하자면 어지간한 일에는 놀라거나 기뻐하지 않는 사람이다. 그 차분한 사람의 눈에 아주 험한 광경이 들어왔으니 바로 자신과 30년을 동고동락해 온 아내가 손님의 멱살을 쥐고 흔드는 것 아닌가. 순간 불판이 밑으로 쑤욱 빠져 내려갔다. 아저씨는 그러면서 아주 이상한 체험을 했는데 혓바닥의 무수한 돌기들이 빳빳하게 서고 갈비뼈가 흔들렸으며 각자 위치에서 얌전히 작동하던 장기들이 춤을 추었다.

아저씨의 입에서 별안간 웃음이 터져 나왔다. 우앗하하하하. 그의 손바닥이 서로 맞부딪치며 탁탁탁 요란한 소리를 냈다. 그가 실성한 사람처럼 킬킬대며 박수를 치자 손님들의 시선이 아주머니에서 아저씨에게로 빠르게 이동했다. 아주머니는 아저씨가 실성을 했나 싶어 주먹에서 힘을 뺐다. 그 틈을 타고 슬그머니 내빼려던 손님은 옆 테이블에 앉은 세 명의 젊은 남자들에게 잡혔고 건너편 테이블의 신고를 받고 출동한 경찰에 곧바로 인도됐다. 손님이 갈빗값을 내고 떠났는지, 그가 성추행범으로 어떠한 판결을 받았는지는 알려지지 않았으나 그날 밤 사건은 승아에게 크게 각인됐다. 한 번도 엄마의 사랑을 받아 본 적 없는 승아는 사장 아주머니의 정의로운 손바닥을 찬미했다.

사건은 사장 아저씨에게도 크게 각인됐다. 사장 내외는 손님들의 시비나 시답잖은 농담을 받아치는 데 도가 튼 사람들이었다. 그들은 10년 동안 갈비만 판 것이 아니었다. 자존심과 욱하는 성질도 함께 팔아 먹었다. 더 이상은 그렇게 살기 싫어졌다. 사장 내외는 갈빗집 대문에 커다랗게 '입버릇 손버릇 나쁜 손님 금지'라는 경고문을 써 붙여 놓았고 갈빗집은 인근의 젊은 여성들에게 폭발적 인기를 얻었다. 승아는 사장 내외와 함께 크리스마스와 새해를 보냈다. 근사한 파티랄 것은 없었지만 고기가 있었으니 행복했다. 겨울방학이 끝나고 학교로 돌아가기 직전까지만 해도 먹자 갈빗집의 대기 줄은 내리막길까지 이어졌다.

승아는 요란하게 치장한 봉자네 갈빗집을 원망스레 쳐다보았다. 봉자네 갈빗집은 건물을 5층으로 올리고 고급 인테리어로 리노베이션하더니 대대적인 홍보를 하고 가격 하락을 주도했다. 승아는 터덜터덜 걸어 동네 부동산으로 향했다. 한 달에도 몇 번씩 간판이 올라갔다 내려가는 이 바닥에서 진정한 정보는 모두 부동산에서 나왔으므로.

"먹자 갈빗집? 귀농했어. 건물주가 갑자기 임대료를 올려도 너무 올렸지. 장사가 보통 잘됐어야지. 그래도 몇 달은 버티더만 봉자네 갈빗집이 들어서고는 끝장났지. 나중엔 임대료도 못 냈거든. 전세금 빼고 월세 갚고 나니깐 남는 것도 별로 없었지, 아마. 서울이 징글징글하다면서 떴어."

부동산 사장님은 녹차 티백을 들었다 내렸다 하면서 숨도 쉬지 않고 소식을 전했다. 녹차는 초록빛이 아니라 갈색빛을 띠었고, 종이컵만 뚫어지게 쳐다보던 승아는 자리에서 벌떡 일어서서 인사를 꾸벅하고 나왔다. 배가 고팠다. 갈빗집의 간판이 내려진 걸 본 다음이었던가, 주인 부부가 승아에게는 아무 말 없이 고향으로 내려갔다는 소식을 들은 다음이었던가. 그랬거나 말거나 가까운 마트가 어딨더라. 승아는 마트를 향해 뛰다시피 걸어갔다. 가장 큰 과자 한 봉지를 고른 승아는 과자를 입에 넣으며 주인 부부 생각에 잠겼다. 서울이 징글징글하면 뜰 수도 있는 거구나. 부럽다. 뭔가 정리할 수 있는 게 있고 어딘가 다른 곳으로 갈 수 있는 삶, 이동 가능한 삶이라는 게. 그들은 그게 되는 사람들이었다.

승아는 갑자기 더 허기가 졌다. 뭔가가 아까부터 승아의 머리털 끝에 달라붙어 따라다니고 있었다. 그 찝찝함이 뭔지를 모르겠다. 여름방학 아르바이트가 한순간에 사라진 것? 주인 부부가 문자 한 통 없이 떠난 것? 아니면 날 데려가지 않은 것? 웃기네. 승아는 과자를 입 속에서 소리 나게 부수었다. 내가 뭔데. 딸이라도 되나. 승

착한 아이 백천수 씨   41

아는 괜히 눈물이 찔끔 났다. 그런 착각을 한때 했다는 게 창피했다. 엄청나게 빵빵한 과자 봉지는 금세 홀쭉해졌다. 승아는 텅 빈 과자 봉지를 내려다보며 속은 느낌이 들었다. 이깟 것 몇 개를 넣겠다고 그렇게 빵빵하게 봉지를 만든 꼴이라니. 뚱뚱한 과자 봉지는 매번 승아를 속인다.

승아는 다 먹은 과자 봉지를 들고 가까운 이지고 투어 대리점으로 향했다. 그곳에 마련된 커다란 쓰레기통을 애용하기 위함이었다. 대용량 과자 봉지를 접지 않아도 한 번에 그대로 쏙 들어가는 사이즈. 요새는 좀처럼 이런 넉넉한 휴지통을 찾아보기 힘들었다. 휴지통 앞에 서자 벽면에 붙은 커다란 포스터가 눈길을 끌었다.

고등학생 해외 봉사 캠프 참가자 모집
이지고 투어가 청소년 여러분을 응원합니다.

웃겨. 딱 두 명만 뽑을 거면서. 누구 약 올려. 이런 광고는 질색이다. 어차피 되지도 않을걸. 해 봐야 시간 낭비. 승아는 큼지막한 과자 봉지를 휴지통에 떨어뜨렸다. 그때 유니폼을 입고 어깨에 분홍색 띠를 두른 직원이 다가왔다.

"안녕하세요, 고객님. 고등학생이시죠? 캠프 신청해 보세요. 사은품도 드려요."

"사은품이요?"

"저희 대리점에서 신청한 분에 한해서 선착순 스무 명까지만 드리는 건데요. 유명 커피 회사 텀블러예요. 학생, 빨리 신청하고 텀블러 받아 가요."

직원이 살짝 윙크했다.

"됐어요. 뭐, 어차피 되지도 않을 건데."

승아는 과자 가루가 묻은 손을 바지에 쓱쓱 문지르며 말했다. 직원이 가까이 다가오더니 속삭였다.

"그러니까 사은품이나 받아 가. 이거 시중에서 2만 원짜리야."

"어떻게 하면 되는데요?"

직원은 경쾌한 발걸음으로 앞장서며 고객용 컴퓨터 쪽으로 안내했다.

"여기 사이트 띄워 났거든요. 영어로 입력하고 센드만 누르면 돼요. 그럼 해브 유어 타임!"

직원은 미소를 지으며 다시 자기 자리로 발걸음을 돌렸다.

"잠깐만요! 이거 순전히 다 영어잖아요. 저 영어 안 하는데요."

"에이, 고등학생이 왜 이 정도 영어를 못해요. 어려운 거 없고요, 딱 고딩 수준이에요. 기본이요, 기본."

"영어를 못하는 게 아니라 안 하는 거고요. 저는 정말 기본도 안 해요."

"학생, 텀블러 받아 가야지."

당황한 직원이 목소리를 낮췄다.

"뭘 쓰라잖아요."

승아가 의자에서 일어섰다.

"그럼 제가 도와드리겠습니다, 고객님."

직원은 잽싸게 일어서는 승아를 다시 앉혔다. 마음이 급했다. 내 일까지 자기 몫으로 열 명의 이름을 채워야 했다. 웃기지도 않는 할당이었다. 요새 고등학생이 이런 여행사 오프라인 영업소를 왜 드나들며, 학원 가기도 바빠 죽겠는데 이런 캠프를 왜 신청하겠나. 이런 건 누가 봐도 대학생용이었다. 이지고 투어가 가끔씩 기발한 상품을 내놓는 건 인정. 그래도 이건 아님. 직원은 귀찮지만 이번 달을 넘기면 정규직으로 채용될 가능성이 있었으므로 최선을 다 하기로 마음먹고 사람 좋은 미소를 띠었다.

이름이 뭐죠. 나이는요. 학교는 어디 다녀요. 영문 철자는요. 아니, 아니. 제가 그냥 알아서 할게요. 직원은 타닥타닥 놀라운 속도로 영문 타자를 쳐서 승아를 놀랬다. 승아의 한글 타자보다 빨랐다. 멋지다, 이 언니. 승아는 감탄했다.

유학파 출신인 그녀는 이지고 투어에 인턴으로 처음 왔을 때만 해도 고차원적인 일을 할 것이라 기대했다. 그런데 어깨에 띠를 두르고 고객만 보면 실실 웃고 있지 않나, 실적에 아등바등하며 고등학생의 지원서를 대신 써 주고 있지 않나. 내가 잔심부름이나 하려고 여기 들어온 줄 알아. 짧지 않은 해외 경험을 살려 현지 고급 식당과 엔터테인먼트를 결합한 초호화 럭셔리 상품을 짜려는 것이 애초의 계획이 아니었던가. 타닥타닥. 그런데 여기 앉아서 어린아이 똥 기저귀나 갈아 주고 있는 꼴을 보라지. 더럽다. 당장 때려 치고 말지. 타닥타닥. 간단하게 보였던 지원서는 그냥 이름 석 자와 학교, 품행 우수 등의 자기소개로 끝나는 것처럼 보였으나 웬걸. 갈수록 어려운 질문이 숨어 있는 게 아닌가. 젠장, 대학 입시 수준이잖아. 직원은 이마를 찡그렸다. 왜 자원봉사를 하려고 하는가, 와서 어떤 분야의 일을 하고 싶은가, 이번 경험을 토대로 앞으로 어떤 일을 펼칠 것인가, 남들과 다른 자신만의 독특한 점은 무엇인가를 물으며 영어와 작문 실력을 동시에 요구하고 있었다. 오랜만에 생각하는 작업에 부닥친 직원은 되레 기분이 좋아졌다. 타닥타닥. 직원은 고등학생으로 돌아간 기분이었다. 아프리카가 눈앞에 그려졌고 미래가 환했다. 머리를 썼더니 좀비에서 사람으로 돌아온 기분이었다. 마침내 지원서를 완성하고 센드를 눌렀을 때 직원의 얼굴은 핑크빛으로 환하게 빛났다.

"고객님, 잘되시기 빌어요. 파이팅! 아 맞다, 텀블러."

직원은 텀블러를 승아에게 넘겨 주고 다음 고객님을 향해 미소 지었다. 그날의 모든 일은 그저 실적과 텀블러의 단순 교환에 지나지 않았고, 승아와 직원 둘 다 그 이상의 것은 고대하지 않았다. 설마 이 가짜 지원서가 먹히겠어? 땡! 세상일은 아무도 모르는 거였다.

승아의 이름이 이지고 투어의 홈페이지에 떡하니 올랐을 때 담임과 친구들은 놀란 입을 다물지 못했다. 그러나 가장 놀란 사람은 바로 당사자인 승아였다. 그러니까 이건 순전히 이지고 투어의 성실한 직원 언니 덕분이 아닌가. 그 스토리를 알 리 없는 사람들은 고개를 갸웃거렸다. 어쩌자고 승아를 뽑았을까. 어디가 외국인들에게 그리 매력적이란 말인가. 앞으로 글로벌한 국제사회에서 살아남으려면 어떠한 부분을 본받아야 하는 건가. 아무리 뜯어봐도 굵은 허벅지와 뻣뻣하고 새카만 머리칼을 빼면 승아에게는 이렇다 할 특징조차 없었다. 지금도 책상 앞에 앉아 가만있지 못하고 엉덩이를 뒤로 쑥 뺀 채 책상에 헤드뱅잉을 하고 있는 승아를 노려보던 담임이 문득 허를 찔린 듯 감탄사를 내뱉었다. 맞다! 앉아서 공부하기 싫은 청소년. 그건 딱 승아를 두고 하는 말이었다. 그 아이러브 발룬티어라는 단체 정말 귀신같네.

학교가 끝나자 승아는 동네에 있는 이지고 투어 대리점으로 달려갔다. 그 직원 언니는 보이지 않았다. 실망한 승아가 유리문을 열고 나가려는 순간 뒤에서 누가 승아를 불렀다.

"학생!"

직원 언니였다.

"텀블러는 잘 쓰고 있어요?"

"네, 그리고 저 당첨됐어요."

"어머, 로또? 얼마짜리?"

"아프리카 자원봉사 캠프요."

직원은 얼떨떨한 표정으로 승아를 바라보았다. 한참 동안 말이 없었다. 그러다 완전히 잊었던 지원서를 떠올리고는 얼굴이 점점 발갛게 상기됐다.

"오 마이 갓! 정말?"

사람들의 시선이 모두 그녀에게로 향했다. 직원은 상관하지 않고 승아의 두터운 손을 왈칵 잡더니 이렇게 외쳤다.

"난 역시 천재야. 안 그래?"

"그쵸."

승아가 대답했다.

"경쟁률이 얼마나 셌는지 너 알기나 해?"

"아뇨, 얼마였는데요?"

"하여튼 엄청났어."

"우아."

승아가 장단을 맞추었다.

"내가 해냈어!"

직원의 얼굴이 반짝거렸다.

"그쵸."

승아가 수긍했다. 직원은 승리에 도취되어 맞잡은 승아의 두 손을 마구 흔들었다. 승아의 허벅지 살이 같이 춤을 추었다.

"난 더 큰 일을 할 수 있을 거야, 그렇지?"

"그쵸."

"고객들 비위 맞추면서 상품이나 파는 것 말고. 좀 더 고상한 것. 세상에 보탬이 되는 일을 하고 싶어."

"괜찮죠. 어떤 거요?"

"그건 나도 모르지."

직원은 골똘히 생각했다. 승아도 같이 생각에 잠겼다. 떠오르는 게 없었다. 승아로서는 세상에 보탬이 되기보다는 가계에 보탬이 되어야 했다. 먹자 갈빗집이 문을 닫았으니 다음 알바는 어디서 하지?

"이렇게 좀비처럼 살기는 싫어. 너 연봉 높다고 우아한 일을 하는 게 아니다? 아예 그런 환상은 버려. 그깟 돈이 뭐가 중요해? 꿈을 성취하는 게 중요한 거지. 그렇지 않아?"

"뭐."

승아는 대충 고개를 끄덕였다. 이 언니는 뭘 모른다. 그깟 돈은 분명 중요하다. 돈이 없으면 어찌 과자 한 봉지를 살 것이며 어찌 월세를 감당할 것인가.

"사실 저 여름방학 동안 먹고 잘 데가 필요했거든요. 우리 집에 어떤 영감이 들어와 사는 바람에 제 방을 뺏겼어요. 어차피 제 방도 아니었지만요. 할머니랑 같이 쓰는 방이었는데 어떻게 거기서 셋이 다 같이 자요. 게다가 여름에는 다 벗고 돌아다니는데, 어우. 뭐, 우리 할머니 연애도 한 달이면 끝장나니까 아프리카 갔다 돌아오면 다시 제 방에서 잘 수 있겠죠. 그럼 전 이만 가 볼게요."

승아는 직원 손에 잡힌 제 손을 슬그머니 빼내며 말했다.

"그래! 유엔에서 일하는 거야."

직원이 승아의 손을 다시 부여잡고 소리쳤다. 직원은 일방적인 귀를 달고 있었다. 이 귀는 천수의 귀와 비슷할 수도 있겠지만 조금 달랐다. 천수는 듣기 싫은 소음을 막고 차단하는 데 그쳤다면, 이 직원은 한 단계 더 나아가 진공상태에서 자신만이 주인공인 세상을 건설한 다음 혼자 말하고 혼자 귀 기울였다.

"어떠니, 유엔? 나랑 잘 어울릴 것 같지?"

"그쵸."

승아는 고개를 끄덕였다. 유엔이라니. 유엔은 외국 사람들만 일하는 곳인 줄 알았다. 하긴 얼마 전까지 거기 대빵이 한국 사람이라고 그랬지. 이름이 반 뭐더라. 그런데 반이란 성도 있었나? 혹시 중국 사람인가?

"내가 이렇게 영문 지원서를 잘 쓸 줄 누가 알았어. 토플 점수도 높으니까 난 꼭 톱클래스 대학원에 합격할 거야, 그렇지?"

"그쵸. 네에? 대학원요? 유엔에서 일한다면서요."

"얘는. 당장 내가 어떻게 유엔에 들어가니. 유엔이 그렇게 쉬운 줄 알아? 일단 대학원에 가야지. 석박사는 기본으로 따 놔야 유엔에서 받아 줄걸. 그럼 연봉도 이지고 투어 저리 가라야."

"그깟 돈 필요 없다면서요?"

"얘는. 유엔 돈은 달라. 세계 평화에 봉사하고 받는 돈 아니니."

직원의 말에 승아는 조금 헷갈렸다. 고객에게 봉사하고 받는 돈이나 평화에 봉사하고 받는 돈이나. 뭐, 돈은 돈 아닌가.

"너 내 덕분에 좋은 스펙 갖게 됐으니까 열심히 해서 좋은 대학 가라, 오케이?"

그제야 직원은 맞잡은 손을 놓아주었다. 땀이 흥건하게 뱄다. 직원의 손에서 해방된 승아는 문을 열고 밖으로 나왔다. 스펙, 대학. 그런 건 승아의 인생에 아무 상관 없는 단어였다. 할머니의 집에서 벗어나려면 하루빨리 독립을 해야 했고 그러자면 돈을 벌어야 했다. 고등학교만 졸업하면 풀타임으로 일할 수 있다. 그건 더 이상 아르바이트생으로 떠도는 게 아니라 정식 직원이 될 수 있다는 의미다. 정직원으로 살 수만 있다면. 떠돌지 않고 한군데에서 꼬박꼬박 한 달 치 월급을 받을 수 있다면 승아의 삶은 구원받을 것이다. 그런데 정직원인 저 언니는 또 대학원을 가겠다네. 그놈의 공부는 지겹지도 않나. 승아는 이해할 수 없었다. 세상 도처에 승아가 상상하지 못하는 구역들이 있었다.

승아는 골목길을 돌아 집으로 향했다. 유지네 세탁소, 또또 피자, 가영 미용실을 지나자 가파른 계단이 나왔다. 승아가 씩씩대며 계단을 오르자 커다란 느티나무가 나왔다. 느티나무 그늘 밑에 옹기종기 모인 할머니들이 승아를 향해 고함을 쳤다.

"야, 이년아. 어딜 싸돌아다니다 이제 오냐? 막걸리 한 사발 할텨?"

승아는 뒹굴거리는 할머니들 곁에 철퍼덕 앉아 막걸리를 받아
마셨다.

"캬아. 죽인다. 개시원해."

"이년이 막걸리 맛은 지대로 알어."

할머니들이 웃어 댔다. 승아는 할머니들 사이에 등을 깔고 누웠
다. 여름 저녁은 환했다. 할머니들의 노랫소리가 들려왔다. 에이
시끄러. 에헤헤이. 춤판이 벌어졌다. 어쨌건 여기는 내 구역이다.
승아의 눈이 스르르 감겼다.

자잘한 균열은 빵꾸가 된다

밤은 컴컴했다. 방 한편에 연두색 아메리칸 투어리스터 캐리어가 서 있었다. 캐리어는 자동차에 깔려도 뭉개졌다 다시 복원되는 유연성과 견고함을 자랑하며 텔레비전 광고에 나온 신제품이었다. 해외에 나가는데 샘소나이트까지는 아니더라도 그럴듯한 캐리어 하나만 사 달라는 것이 아들의 유일한 부탁이었다. 내가 자식 하나는 잘 키웠어. 예의 바르고 순하잖아.

미숙 씨는 살금살금 다가가 캐리어 지퍼를 잡아당겨 보았다. 열리지 않았다. 지퍼에 달린 TSA 다이얼 잠금장치는 꽤 견고했다. 미숙 씨는 다음번에는 자신도 꼭 이런 캐리어를 들고 남들 다 가는 괌이나 사이판 말고 세이셸 같은 고급 휴양지를 다녀와야겠다고 마음먹었다. 덜그덕. 비밀번호를 모르니 애가 탔다. 이놈의 자

식이 내가 사 준 캐리어를 허락도 없이 닫아걸어. 미숙 씨는 인내
심과 기지를 발휘해 여러 방법으로 네 자리 숫자를 조합해 보았
다. 캐리어는 완강했다. 거절이라는 것을 병적으로 싫어하는 미숙
씨의 기분이 점점 나빠지고 있었다. 그 무엇도 감히 미숙 씨를 거
절해서는 안 되는 것이다. 설령 그것이 말 못하는 캐리어일지라도.
미숙 씨의 얼굴에 열이 오르기 시작했다. 저도 모르게 버럭 소리
가 터져 나왔다.

"야, 백천수 씨! 일어나 봐."

천수는 한창 아프리카에서 물소를 타고 사자의 갈기를 어루만
지는 꿈을 꾸는 중이었다.

"자물쇠는 뭐 하러 채워 놨어?"

미숙 씨는 침대로 가서 자는 천수의 어깨를 흔들었다. 천수가
깜짝 놀라 후다닥 몸을 일으켰다.

"네?"

시커먼 그림자가 눈앞에서 성난 포즈로 씩씩댔다.

"이거! 잊지 말고 챙겨."

작은 상자 하나가 침대 위로 휘익 던져졌다. 그림자는 방문을
쾅 닫고는 사라졌다. 천수는 얼떨결에 이불 위로 떨어진 작은 상
자를 집어 들었다. 얇은 비닐이 만져졌다. 손바닥 사이즈의 상자는
담뱃갑의 감촉이었다. 아니, 그보다는 조금 두텁다. 미숙 씨가 아
무리 남다른 엄마라고는 해도 아들에게 담배를 사 줄 리가. 비닐

을 풀고 뚜껑을 열자 정사각형의 얇은 은박 포장지 두 개가 나란히 붙어 있었다. 천수의 손가락은 포장지 사이로 링 모양의 고무가 미끌하게 움직이는 걸 느꼈다. 그것은 만져 봐도 알고 척 봐도 아는 콘돔이었다. 공중화장실에 가면 전시되어 있고, 각종 기관에서 나온 성교육 강사들의 핸드백 속에 최소 몇 상자씩 들어 있는 콘돔 말이다. 포장지를 뜯어서 직접 만져 본 적도 있었다. 기름지고 미끌거렸지. 몸소 착용은 해 보았냐고? 물론이다. 말끔히 목욕을 하고 침대에 앉아 시도해 보았다. 어떤 것들은 색상도 다양하고 좋은 향기도 난다던데 성교육 강사가 나눠 준 콘돔은 그저 그런 평범한 녀석이었다. 베이지색에 고무 냄새를 강하게 풍기는 싸구려였음에도 콘돔이 주는 강한 아우라 탓에 기분이 묘했다.

공짜 콘돔이 열 개. 엄마가 던져 놓고 갔다. 상황이 조금 요상하다. 천수는 저도 모르게 손가락을 물어뜯기 시작했다. 갑자기 온몸이 뜨겁게 달아올랐다. 심장이 격하게 박동했다. 천수를 구성하는 몸의 기관들이 여기저기서 들썩이고 달달 떨었다. 이 난리를 치는데 오로지 해당 물건의 목적지만이 얌전했다. 적어도 당장 저걸 끼고 싶어서 이 난리를 치는 것은 아니구나, 천수는 가까스로 이해했다. 그럼 이 더러운 기분이 대체 무엇인지 따져 볼까. 천수의 머리가 제대로 작동하기도 전에 다리가 먼저 쿵쿵대며 미숙 씨의 방으로 걸어가고 있었다.

"이게…… 이게 뭐예요?"

미숙 씨 앞에서 천수는 상자에서 콘돔을 주르륵 꺼내 앞으로 내던졌다. 양치질을 하던 미숙 씨의 얼굴이 새빨개졌다.

"왜, 왜…… 나한테 이딴 걸 줘요?"

천수가 소리쳤다.

"얘가 왜 이렇게 소리를 지르고 난리야? 여행 중에 필요할 수도 있잖아, 안 그래?"

미숙 씨는 칫솔을 휘두르며 말했다. 새하얀 거품이 천수의 얼굴에 튀었다.

"아씨, 더러워!"

천수가 얼굴을 문지르며 소리쳤다. 미숙 씨는 재빨리 화장실로 들어가 입에 머금었던 침을 뱉었다. 손가락이 부르르 떨렸다. 저 애가 지금 더듬지도 않고 더럽댔니? 미숙 씨는 입안을 헹구면서 어제 들었던 육아 팟캐스트를 떠올렸다. 절대 침착. 아이한테 나쁜 말을 하지 말 것. 나중에 상처가 됨. 욱해서 일을 엉망으로 만들지 말 것. 돌이킬 수 없음. 웃기시네! 미숙 씨는 웩 소리가 나도록 침을 뱉고는 천수에게 돌아가 소리쳤다.

"야, 뭐? 더러워? 엄마보고 더럽대? 너 콘돔 없이 했다가 바이러스 감염이라도 되면 어쩌려고. 나 같은 엄마가 어딨니? 그냥 땡큐하고 받았다가 필요 없음 안 쓰면 되지."

"신경 꺼요!"

뭐어. 지금 저 애가 착한 천수가 맞나.

"왜 가만있는 사람 건드려요? 나도, 사생활이란 게."

"그러니까 이게 다 네 사생활을 지켜 주려고 하는 짓이란 거 모르겠니? 야, 네가 잘 몰라서 그러는데 외국으로 여행을 가면 상황이 많이 달라져. 너같이 얌전한 애도 갑자기 변할 수 있거든? 거긴 성적으로 개방된 유럽 아이들이 많이 온단 말이야. 다 주워. 바닥에 떨어진 거 다!"

"싫어요! 진짜. 쪽팔리게."

천수는 등을 돌렸다.

"어쩌다 여자애가 임신이라도 하면 어떡할래?"

미숙 씨는 말하면서도 자신이 싫었다. 결국 속마음은 이런 식으로 들키지.

"아, 뭐…… 뭐요? 그, 그럴 일 없어요."

천수의 얼굴이 새빨개졌다.

"어떻게 확신해?"

"여자아이들한텐 관심도 없고."

"없어? 어째서? 너 그거 정상 아냐."

미숙 씨의 목소리가 갈라졌다.

"말해 봐. 무슨 문제 있어? 여자아이들이 싫어?"

미숙 씨가 천수의 어깨를 확 잡아당겼다. 의심과 질문으로 가득 찬 엄마의 눈이 자신을 노려보고 있었다. 저 눈은 천수의 피부를 통과하여 세포와 핵의 개수까지 셀 수 있는 투시력을 가졌다. 천수는 어려서부터 저 눈을 싫어했는데 그 안에 서린 공포를 엿보았기 때문이었다. 엄마는 무서워한다. 발견되어서는 안 되는 어떤 것을 천수의 몸 안에 심어 놓고 그것이 언제 튀어나올지 몰라 전전긍긍하는 사람 같다.

"놔요! 지겨워. 가만 좀 두면 안 돼? 내 몸인데 왜 이런 것까지 간섭이에요?"

"엄마잖니. 응? 천수야."

돌연 부드러워진 미숙 씨의 목소리. 천수는 그게 제일 싫었다.

"하고 싶음 엄마나 실컷 하든가. 남 상관 말고!"

"뭐야?"

미숙 씨의 팔이 천수의 얼굴을 향해 날아왔지만 천수가 빨랐다. 미숙 씨의 팔은 천수의 손에 잡힌 채 공중에서 버둥거렸다. 생각보다 천수의 손은 컸고 힘도 너무 세서 팔이 아팠다. 얘가 이런 아이가 아니었는데. 억울해서 눈물이 찔끔 났다.

"놔! 너, 엄마한테 감히 그딴 식으로 말해?"

미숙 씨를 붙든 천수의 팔에 더욱 힘이 들어갔다. 천수의 화난 얼굴이 씩씩대며 미숙 씨를 노려보았다. 쌍꺼풀 없이 길게 찢어진 눈매와 연한 밤색 눈동자가 제 아빠를 닮았다.

"눈깔 그렇게 뜨지 마. 째려보면 어쩔 건데?"

미숙 씨는 팔을 흔들었다. 천수는 꿈쩍도 하지 않았다. 이제 저 아이는 컸고 미숙 씨는 힘에서 밀리는 나이가 됐다. 바싹 약이 오른 미숙 씨는 천수의 배를 발로 찼다. 천수가 균형을 잃고 뒤로 휘청거리는 틈을 타서 미숙 씨는 닥치는 대로 천수의 머리통을 갈겼다. 어디 감히 엄마한테 대들어. 어디서 엄마를 이기려 들어. 착하다, 착하다 했더니 이제 눈에 뵈는 게 없니? 엄마 무시하는 아들 얘기는 넘치도록 들어 왔다. 너는 그런 개 쌍놈의 자식들과 다르고, 나 또한 다르다. 철썩. 나는 다 큰 아들한테 무시당하고 훌쩍거리는 그런 나약해 빠진 엄마가 아니야. 나는 달라. 내가 밖에서 어떤지 모르나 본데. 남자들이 아르마니 입고 조 말론 찍어 바르고 나타나서 내 앞에서 잘 보이려고 애쓰거든. 알아? 내가 누구니. 아들 성생활까지 챙겨 주는 진보한 엄마 아니냐. 단 한 번의 실수. 그를 만난 것밖에 내 인생에 다른 오점은 없어. 그 오점은 널 제대로 키움으로써 보상받을 거다. 그러니 나는 반드시 이 싸움에서 이긴다. 한 번 때리자 손에는 가속도가 붙었고 열이 더욱 뻗쳤다.

"나쁜 새끼! 감히 날 이기려 들어? 고집불통인 거. 말 안 통하는 거. 아주 똑같아."

"우이씨!"

천수가 미숙 씨를 향해 달려들었다.

"왜 때려요? 왜 함부로 때려?"

천수는 거세게 미숙 씨의 손을 밀쳤다.

"그러게 누가 그딴 사람하고 결혼하랬어? 그게 내 책임이야?"

천수는 쉰 목소리로 고함을 질렀다. 천수는 나쁜 새끼가 아니었고 아빠의 새끼는 더더욱 아니어야 했다. 순식간에 뒤로 밀려나던 미숙 씨가 발을 헛디디며 뒤로 나동그라졌다. 천수가 뭘 어쩌기도 전에 쿵 소리가 나더니 미숙 씨의 등이 바닥으로 떨어졌다.

"엄마?"

대답이 없다. 천수는 다가가 미숙 씨의 손을 잡아 위로 일으켰다. 그 손은 강하게 천수의 손을 뿌리쳤다. 시뻘겋게 부어오른 낯선 눈이 천수를 노려보고 있었다. 몸에서 경련이 일었다. 천수의 입이, 위장이, 목뼈가, 골반이 다 따로 놀았다. 도망쳐. 망치뼈가 그렇게 말했고 천수는 어느새 집 밖으로 뛰쳐나가고 있었다.

밤의 아파트 단지는 조용했다. 술에 취한 남자가 비틀비틀 자신의 집을 찾아 걸어 다녔다. 불빛을 따라 걸었더니 편의점이 나왔다. 천수는 편의점 진열장을 두리번거리다 아무거나 골라서 계산대로 향했다. 초코바를 계산대에 내려놓았을 때 지갑이 없다는 걸 깨달았다.

"죄송합니다."

천수는 고개를 푹 숙였다. 편의점 직원은 대꾸도 없이 초코바를 옆으로 치우고는 다시 텔레비전으로 눈을 돌렸다. 편의점을 나오자 갈 데가 없었다. 천수는 차도를 따라 걷기 시작했다. 도로의 차들이 무섭게 질주했다. 천수는 속도를 내어 같이 뛰었다.

눈깔 그렇게 뜨지 마. 째려보면 어쩔 건데?

천수의 셔츠가 땀으로 젖어 들었다. 엄마는 아빠를 싫어해. 나는 아빠를 닮았대. 엄마는 나도 싫어해. 억지로 키우는 것뿐이야. 그래서 노력했다. 아빠를 닮지 않으려고. 엄마 마음에 들려고. 착한 아들이 되려고. 그러나 결국 그 세계는 터져 버렸다. 빵꾸 났다. 너덜너덜했다. 천수는 땀범벅이 된 자신의 얼굴을 연거푸 쓸어내렸다. 겨우 이 정도 뛰었는데 가슴이 터질 것 같고 허벅지에 경련이 일고 땀구멍마다 비가 내린다. 천수는 자신의 나약하고 물렁한 몸이 싫었다. 그 몸을 집요하게 뜯어보고 끊임없이 질타하고 의심하는 엄마의 눈이 지겹다. 무슨 대답을 듣고 싶은 건데. 뭘 증명해야 되는 건데. 난 여자가 싫지 않아. 남자가 좋지도 않아. 문제 있냐고? 있지. 나는 아무도 좋아하지 않아. 내 문제는 가슴이 뛰지 않는다는 거야. 가슴이 너무 조용하다는 거야. 심장이 느릿느릿 뛰어. 느리게 걷고 느리게 말해. 몸은 더 굼뜨지. 노인네 같다고 애들이 그랬는데 그 말은 정말 맞아. 애들은 대충 보고 생각 없이 떠드는 것 같아도 그 안에는 어른들이 놓치고 마는 자잘한 진실이 들어 있거든. 천수는 어깨를 늘어뜨리고 터덜터덜 걷다가 어느새 아파트 단지에 들어와 있는 자신을 보았다. 병신. 어디 멀리 가지도 못하면서.

돌아온 집은 컴컴했다. 천수는 냉장고를 열어 차가운 물을 마셨다. 엄마 방 앞을 기웃거렸지만 꽉 닫힌 문 너머는 고요했다. 천수는 손을 물어뜯었다. 제발 좀! 엄마의 성난 목소리가 들려왔다. 천수는 고개를 옆으로 홱 돌렸다. 시커먼 정수기만 서 있었다. 천수는 베란다가 있던 자리에 서서 창문을 열었다. 이 자리에 베란다가 남아 있었다면 천수는 여기에서 강아지도 키우고 식물도 길렀을 것이다. 매일 밥을 챙겨 주고 안아 주고 뽀뽀도 해 주고 같이 놀았을 것이다. 식물에게는 물을 주었을 것이다. 먼지가 끼지 않게 잎을 닦아 주고 기타 연주를 들려주고 말을 걸었을 것이다. 이야기할 상대, 집에는 그런 것이 없었다. 천수는 그게 필요했는데 만약 강아지와 식물 중 하나를 고르라면 식물을 이야기 상대로 고를 테다. 식물은 잘 들어줄 것이고 천수의 말을 도중에 끊지 않을 거니까. 밖에서 후덥지근한 공기가 훅 들이쳤다. 천수는 거실 에어컨을 끄고 자신의 방으로 돌아가 누웠다.

괜찮다, 다 괜찮다. 나도 괜찮고 엄마도 괜찮다. 천수는 상황을 좋은 쪽으로 보려 애썼다. 다혈질의 엄마는 자주 화를 냈지만 먼저 화해를 청하는 사람이었다. 이 밤이 지나면 엄마는 멀쩡한 얼굴로 아침을 먹자고 할 것이다. 내일은 아무래도 먼저 용서를 구하는 게 맞을 것 같다. 죄송하다고 할까, 잘못했다고 할까. 둘 다. 죄송해요, 엄마. 엄마, 잘못했어요. 천수의 입술이 움찔거리며 말의 순서를 이리저리 바꾸었다. 천수는 소심한 자신이 싫었다. 천장에 붙은 지구와 행성 야광 스티커가 점점 연둣빛을 잃어 가고 있었다. 저 유치한 것들을 떼 버려야지. 일단 갔다 와서. 천수의 눈이 스르르 감겼다.

다음 날 아침 식탁 위에는 설탕 뿌린 프렌치토스트와 종이 팩

두유가 차려져 있었다. 미숙 씨는 보이지 않았다. 메모도 없었다. 천수는 식탁에 앉아 삼각형으로 잘린 토스트를 입에 물었다. 집 안은 조용했다. 아침 7시가 넘도록 미숙 씨는 나타나지 않았다. 천수는 볼펜을 들고 포스트잇에 메모를 남겼다. 엄마, 다녀올게요. 죄송해요. 천수는 포스트잇을 들고 한참 동안 들여다보았다. 다시 볼펜을 들고 메모를 고쳐 썼다. 엄마, 죄송해요. 어제는 잘못했어요. 천수는 종이를 구겨서 주머니에 넣고 한 손에 두유를 들고 나갔다.

새로 산 캐리어 바퀴는 부드러웠다. 캐리어를 끌고도 버스 정류장까지 금세 도착했다. 공항버스가 올 때까지 15분이 남아 있었다. 혹시 엄마가 뛰어오지 않을까 집 쪽을 기웃댔지만 머리칼에 물이 줄줄 흐르거나 앞머리에 헤어롤을 만 젊은 여자들만 모여들었다. 이윽고 공항버스가 오자 천수는 주머니에 구겨 넣은 포스트잇을 휴지통에 던졌다. 빨대가 끼워진 두유도 같이 던졌다. 빨대 사이로 두유가 왈칵 뿜어져 나오자 휴지통 근처에 있던 여자가 꽥 소리를 지르며 옆으로 펄쩍 뛰었다.

"어어어. 죄, 죄송합니다. 죄송합니다. 죄송합니다."

천수는 연신 허리를 숙이고 같은 말을 세 번 반복했는데 안에서 공항버스 기사가 "너 탈 거야, 안 탈 거야?" 성질을 내는 바람에 한 번 더 허리를 굽힌 다음 황급히 버스에 올라탔다. 버스는 추웠다. 빵빵한 에어컨 때문에 천수의 팔에 소름이 돋았다. 두유는 딱 한 모금만 마셨는데 오줌이 마려웠다. 옆으로 한강이 지나갔다. 엄마는 어제 일로 너무 분한 나머지 잠을 이루지 못했을 것이다. 이른 새벽, 차를 끌고 드라이브를 나갔을 것이다. 크게 음악을 틀어 놓고 돌아다니면서 기분 전환이나 하자고 했던 게 공항까지 가 버린 거다. 이왕 도착한 김에 그냥 커피나 마시며 기다리자 했겠지.

야, 백천수 씨. 서프라이즈! 내가 널 두고 혼자 와 버렸네. 깔깔깔. 사건 종료. 그래, 그렇게 된 거다. 천수는 등받이에 등을 기대고 눈을 감았다.

공항에 도착했지만 엄마는 보이지 않았다. 출국장은 작은 캐리어를 사뿐히 밀고 다니는 정장 차림의 비즈니스맨들, 산처럼 쌓은 짐 때문에 휘청휘청 카트를 운전하는 관광객들, 친인척을 배웅하는 가족들로 분주했다. 천수는 혼자 체크인 카운터로 향했다. 이지고 투어는 비용만 지원했고 아이러브 발룬티어는 현지 프로그램만 담당했다. 그 사이 하늘 공간은 각자 알아서 날아올 것. 여기 어딘가 같이 선발된 아이가 있겠지만 아직은 연락처도 모르는 사이다. 이름만 알았다. 고승아. 아마 비행기 옆자리에 앉게 될 텐데 천수는 그 시간을 생각만 해도 끔찍했다. 여자애라던데 무슨 얘기를 하지. 앉자마자 귀에 이어폰을 꽂고 영화 보는 시늉이라도 해야 할까. 천수는 또래 여자가 눈에 띄면 고승아일까 봐 긴장했다.

그때 반대편 카운터에 얼핏 미숙 씨 비슷한 여자가 지나갔다. 천수가 와락 고개를 돌리자 금발의 여자가 천수를 향해 싱긋 웃었다. 천수는 휴대폰으로 엄마 번호를 눌렀다. 전화기는 꺼져 있었다. 천수는 마지막으로 공항 로비를 훑은 다음 출국장으로 향했다. 엄마 없이 처음 하는 여행이었다. 보안 검색대에는 줄이 길었다. 벨트와 구두를 벗는 양복쟁이 남자들, 앙증맞은 캐리어를 끌고 앞 사람을 툭툭 치는 어린아이들, 단체복을 맞춰 입고 휴대폰에 코를 박은 학생들로 만원을 이뤘다. 천수는 그 안에서 엄마를 닮은 여자를 다섯은 본 것 같았다. 천수가 여권을 내밀자 공항 직원이 도장을 쾅 찍어 주었다. 이제 혼자다. 천수는 저도 모르게 어깨를 떨었다. 출국 심사대를 빠져나오자 코앞에서 자동문이 왈칵 열렸다. 현란한 쇼윈도와 조명등이 눈부셨다. 지루하고 일상적이던 연극의 첫 막이 내리고 두 번째 막이 오르는 것 같았다.

길고 호리호리한 흑인 한 명이 크리스찬 디올 매장에 서서 선글라스를 껴 보는 중이었다. 어린 승무원 한 무리가 머리에 비녀 같은 것을 꽂고 허리를 꼿꼿이 세운 채 캐리어를 끌었다. 전통의상을 입은 인도 여성이 백인 남성과 팔짱을 끼고 키스했다. 인천공항 면세점은 이국의 냄새와 값비싼 향수 향이 뒤섞인 묘한 곳이었다. 천수는 낯선 공기를 들이켰다. 손에는 여권과 비행기 티켓이 들려 있다. 여행을 이끄는 어른 한 명 없다. 저 너머에 뭐가 있는지 모른다. 가슴이 울렁거리더니 갑자기 찌릿한 전기가 사타구니를 타고 올라왔다. 천수는 급하게 캐리어를 밀고 화장실로 향했다. 세찬 오줌 줄기가 뿜어져 나오자 천수의 입에서 밑도 끝도 없이 웃음이 터져 나왔다.

앞선 자가 뒤서고 뒤선 자가 앞선다

이륙이 지연되고 있었다. 손님들의 짜증과 한숨 소리가 점점 커져 갔다. 기장은 하는 수 없이 마이크를 들었다.

"손님 여러분, 안녕하십니까. 오늘도 저희 항공편을 이용해 주셔서 대단히 감사합니다. 우리 항공기는 현재 수화물을 싣고 탑승하지 못한 손님 한 분을 기다리는 중입니다. 그 손님이 도착하는 대로 이륙하겠습니다. 불편을 끼쳐 드려 대단히 죄송합니다."

승객들은 저마다 한마디씩 불평을 터뜨렸다. 기다리지 말고 그 손님의 수화물을 빨리 밖으로 내던져라, 아니다 수화물을 찾는 데 시간이 더 걸린단다, 그럼 그냥 가자, 이런 몰지각한 사람은 제대로 본때를 보여 줘야 한다 등등. 승무원들은 초조한 표정 위에 억지 미소를 달고 목마르다는 승객들에게 물과 음료를 서비스하고 있었다. 그때 누군가 외쳤다.

"왔다!"

승객들의 따가운 눈초리를 받으며 등장한 그 손님의 얼굴은 땀으로 흥건했다. 죄송합니다, 죄송합니다를 외치며 자기 자리를 찾아 자꾸만 뒤로 이동했는데 체격이 보통 이상인 데다 동글납작한 배낭을 멘 탓에 통로에 앉은 손님들이 자꾸만 배낭에 맞았다. 그 손님은 좁은 복도를 지나며 자신을 노려보는 승객들에게 일일이 사과의 말씀을 전하느라 동작은 더욱 굼떴다.

승무원이 확인한바 그 손님의 자리는 여름 성수기로 꽉 찬 이코노미석의 맨 끝 꼬리 자리였다. 보다 못한 사무장이 보다 효율적이고 빠른 항공기의 이륙을 위해 앞자리로 그 손님을 안내했다. 앞자리는 자리가 넓고 넉넉했다. 그 손님이 동글납작한 배낭을 캐비닛에 넣고 자리에 엉덩이를 붙이자 비로소 승무원들은 안도했다. 코끼리 한 마리를 처치한 기분이었다. 늦은 그 손님이 비즈니스석을 차지했다는 소식이 퍼지기 전에 사무장은 재빨리 커튼을 쳤다. 사무장이 억지 미소를 띠고 늦게 온 그 손님에게 말했다.

"웰컴 어보드."

그 손님이 말했다.

"마이 네임 이즈 고승아."

2

한 소년이 등장한다. 뒤통수의 절반이 드러나게 깎은 투 블록 스타일이다. 염색이나 피어싱은 하지 않았다. 옷차림은 단정하고 운동화도 깨끗하다. 소년이 구치소에 수감된 지 이틀 만에 한국 대사관 직원이 참관인으로 나선다. 당시 조사관은 영어를 유창하게 말하는 케냐인이었으며 용의자들을 조사하는 데 상당한 애를 먹었다고 전해진다. 조사는 느리게 진행됐다. 조사관이 질문을 하면 통역사가 대사관 직원에게 직역했고 직원은 질문을 다시 쉽게 풀어 소년에게 전달했다. 주범으로 여겨지는 여자아이는 묵비권 행사 중이었다. 하는 수 없이 조사는 소년을 대상으로 진행됐다.

청소년인 데다 보호자와 변호인이 없는 상태였으므로 대사관 직원의 대동하에 조사가 이루어졌으나 조사관은 답답해 미칠 지경이었다. 대사관 직원도 속 터지긴 마찬가지였다. 문제는 소년의 한국어 실력에 있었다. 소년은 일단 생각을 너무 오래했다. 끊임없이 더듬거리고 주저하면서 동시에 생각을 하느라 집중을 못 했는데 그걸 다시 영어로 통역하자니 시간이 몇 배가 걸렸다. 그렇게 두 시간이 지나자 인내심이 바닥난 조사관이 버럭 소리를 질렀다.

"너 영어 못 하냐?"

소년이 영어로 말했다.

"예스, 아이 캔."

"그럼 우리 둘이 얘기하면 되겠네."

조사관이 대사관 직원과 통역사에게 배경으로 있으라는 제스처를 보내자 그들은 의자를 끌어 벽에 붙였다. 직접 심문이 이루어지자 조사관은 비로소 용의자의 성실하고도 꼼꼼한 응답을 들을 수 있게 되었으며 의미 있는 성과를 거두었다.

당시 입회했던 통역사가 전하기를 소년은 문법적으로 거의 문제가 없는 영어를 구사하였으며 한국어를 할 때 보였던 미숙한 모습과는 달리 침착하고 자신감 있는 태도로 더듬지 않고 심문에 응했다고 말했다. 그는 또한 언어학적으로 보았을 때 이것은 상당히 중요한 관찰이었으며 추후 소년을 다시 한번 만나 (혐의를 벗는다는 가정하에) 후천적으로 학습된 두 번째 언어가 어떻게 모국어 보다 더 잘 소통될 수 있는지에 대한 연구를 하고 싶다는 의견을 표명하였으나 현명한 기자들에 의해 그의 학문적 흥분은 무시됐다. 여기서는 당시 기록된 소년의 답변을 통역사가 다시 한국어로 번역한 녹취록을 공개하고자 한다.

용의자 녹취록

원래 알던 친구는 아니었어요. 이번 캠프에 뽑혀 왔고 케냐 공항에서 처음 만났어요. 정말 공부 잘하게 생겼더라고요. 주눅 들었죠. 쟤는 맨날 책상에 앉아서 공부만 하나 보다. 그러니까 저렇게 살이 쪘겠죠. 압도적으로 컸어요. 잠깐만요. 이거 혐오 발언인가요? 그런 건 안 중요하다고요? 아뇨, 외모가 어쨌느니 하는 건 다 문제지 않을까요. 저기 그거 지워 주시고요. 처음부터 다시 할게요. 그럴 시간 없어요? 어쩌지.

어쨌든 엄마가 그러는데 여자애들은 고등학교 때 코끼리만큼 덩치가 컸다가 대학 가면 쫙 빠진대요. 승아도 틀림없이 그렇게 되긴 할 텐데. 사실 승아는 잘 모르겠는 게 걘 대학교를 안 갈 거라는데 그럼 살 안 빠지는 거 아닌가요? 엄마는 대학교 가면 살이

쫙 빠진댔지 그 나이가 되면 저절로 그렇게 된다고 하진 않았거든요. 근데 우리 엄마한테 연락은 해 보셨어요? 아, 그 얘긴 나중에 따로요…….

사무국은 나이로비 외곽에 있었어요. 사무실 건물 하나에 숙소가 따로 있었고 거기가 베이스캠프래요. 각국에서 온 사람들이 첫날 여기 모여서 간단하게 교육받고 흩어져요. 프로그램은 다양했어요. 보육원 봉사, 우물 파기, 건설 현장 돕기, 영어 교육. 사람들마다 다른데 봉사는 보통 이삼 일, 길게는 일주일 정도 하고 그다음엔 투어를 다녀요. 마사이 마라 사파리 투어, 빌리지 체험, 나쿠루 호수 투어, 고릴라 트레킹. 고릴라 트레킹은 아무나 못 해요. 인기가 많아서 몇 달 전에 예약하지 않으면 못 들어간대요. 철창 같은 거 없이 고릴라를 자연 상태에서 만날 수 있대요. 이해가 안 가는 게 사람들은 그게 왜 하고 싶을까요. 고릴라 보셨어요? 그 눈을 보셨냐고요. 사람 눈보다 더 크고 정확해요. 한번은 눈이 마주친 적이 있었는데 뭔가 다 안다는 눈빛을 하고 저를 보더라고요. 좀 섬뜩하기도 하고. 진짜 사람 같았어요. 아, 우리 조상이 맞구나 그런 생각이 든단 말이죠. 그러면 뭘 해. 갇혀 있잖아요. 요양원에 면회 가서 할아버지를 만나는 거랑 비슷하지 않을까요. 기분 되게 이상하지 않아요? 아뇨, 여기 고릴라는 아직 못 만나 봤죠.

스웨덴에서 온 남자애 두 명이랑 같은 방을 썼어요. 3일 동안 마사이 마라 국립공원에 있다 왔고 다음 날은 비행기 타고 남쪽 해

안 도시 몸바사로 자원봉사 떠난댔어요. 왜 가까운 데 두고 그렇게 멀리까지 가냐고 했더니 오전에는 자원봉사, 오후에는 스쿠버 다이빙 할 거래요. 인도양 바다가 얼마나 좋은데 여기까지 와서 산골에만 처박혀 있냐면서. 저한테 무슨 프로그램 선택했냐고 묻기에 빌리지 체험이라고 했죠. 그게 제일 저렴한 거래요. 그러면서 절 좀 불쌍한 표정으로 보더라고요.

거의 관광차 온 애들이 많았어요. 자원봉사는 프로그램에 조금 끼어 있는 정도. 차라리 그냥 배낭여행을 오지 그랬냐니까 이게 아프리카 여행 트렌드래요. 야, 괜찮지 않냐? 우리끼리 여행 다니면 딴 나라에서 온 여자애들을 이렇게 떼로 만날 수나 있겠냐? 우린 마사이 마라 캠프에서도 한 건 올렸어. 크하하. 야, 술이나 마시러 가자. 술? 그래, 술. 너 설마 술도 안 마셔? 촌스러워 보일까 봐 암 말 않고 그냥 따라갔어요. 애들은 여기 며칠 살아서 그런지 지리를 좀 아는 눈치였어요.

웬 판잣집 같은 데로 가더라고요. 코카콜라 포스터가 붙어 있고 그라피티 같은 게 막 그려져 있고. 안으로 들어갔더니 새빨갛게 머리 염색을 한 흑인 여자가 맥주를 내줬어요. 달러밖에 없었는데 그마저 100달러짜리여서 돈은 걔들이 대신 내줬어요. 좀만 있어 봐. 여자애들도 올 거야. 한 명이 말했어요. 미국에서 단체로 온 거 같더라. 여자애들 끝내주게 섹시해. 내가 찍은 애, 그래, 그 갈색 곱슬머리. 잘해 봐야지. 내일이면 떠나는데. 아, 너 콘돔은 있고?

당연. 녀석은 바지 주머니에서 콘돔을 꺼내서는 우리 눈앞에 대고 살랑살랑 흔들었어요. 너도 하나 줘? 그중 한 녀석이 저를 어린애 보듯이 실실대면서 묻기에 무슨 용기로 그랬는지 뒷주머니에 꽂아 뒀던 콘돔을 꺼내서 같이 흔들었죠. 허, 제법인데? 녀석들이 제 어깨를 툭툭 쳤어요. 기분이 좋아졌죠. 적어도 찌질하게는 안 보였으니까.

아, 콘돔이요. 엄마가 챙겨 줬어요. 아프리카에서 사고 치지 말라고. 근데 사고 친다는 게 무슨 뜻이에요? 아니, 좀 헷갈려서요. 외국에 나간다고 갑자기 여자 친구가 생길 것도 아닌데 콘돔을 주면서 사고는 치지 말고. 그냥 섹스 같은 건 아직 하지 마라 그러던가. 더 헷갈리잖아요. 콘돔하고 하면 뭐가 어떻든 사고가 아닌가. 그러니까 핵심은 임신이나 성병만 피하면 사고가 아닌 거예요? 궁금해서 그래요. 중요하지 않다고요? 아니, 이런 게 안 중요하면 뭐가 중요한 건데요. 저는요, 제가 진짜 좋아하는 사람이 생기면 같이 상의해서 날을 잡은 다음 그때 제가 준비할 거거든요. 순서가 중요하단 거죠. 엄마가 던져 준 콘돔을 상비약처럼 가지고 다니다가 하는 거랑 내가 우리를 위해 직접 준비한 콘돔으로 하는 거랑 다른 거 아닐까요? 콘돔은 다 똑같다고요? 그야 그렇지만. 사람 마음가짐이란 게. 네? 아, 제가 원래 수다스럽지는 않아요. 보통은 말이 없어요. 말 시키는 사람도 없고요. 그런데 주제가 주제이니만큼.

아, 그 스웨덴 녀석이요. 미국 팀이 바에 들어오자마자 후다닥 콘돔을 다시 바지주머니 속에 구겨 넣었어요. 행동이 정말 빠르더라고요. 여자애들 무리에 승아도 끼어 있었어요. 승아가 절 보고 손을 흔들었어요. 네 여자 친구냐? 녀석들은 또 한 번 실실실. 나도 오늘 처음 만났어. 녀석들은 내가 하는 말은 듣지도 않았어요. 웨이트리스가 오더니 합석할 거냐고 해서 다 같이 테이블을 붙여서 자리를 만들었죠.

다들 신나게 떠들었어요. 저랑 승아만 조용했어요. 스웨덴 녀석들은 사자가 사냥하는 걸 봤다면서 으스댔는데 액션이 너무 컸죠. 엉덩이까지 들썩거리면서 까불다가 맥주병을 바닥에 떨어뜨린 거예요. 한 녀석이 조금 취했는지 맥주병을 주우려고 내려앉는데 그만 주머니에서 콘돔이 툭 떨어졌어요. 우우, 쟤 뭐냐? 여자애 한 명이 발끈했죠. 웃겨, 정말. 다른 여자애들도 야유를 퍼부었어요. 녀석은 떨어진 콘돔을 들고 탁탁 먼지를 털더니 바지에 쓱쓱 문지르다가 이번엔 보란 듯이 셔츠 주머니에 쏙 넣는 거예요. 두고 봐! 녀석이 말했어요. 여자애들이 우르르 일어나서 욕을 퍼붓고 나갈 줄 알았는데 웬걸요. 다들 웃겨 죽겠다는 표정으로 와하하 웃어요. 승아랑 저만 뚱한 표정으로 앉아 있었죠.

시간이 지나면서 끼리끼리 뭉쳐서 밖으로 나갔어요. 어떤 미국 여자애가 말을 걸었는데 무슨 말을 그렇게 빨리하는지 하나도 못 알아듣겠더라고요. 제가 뻘쭘하게 있으니까 그냥 가 버렸고요. 그러다 결국 승아랑 둘만 남았는데 한국인끼리 있으니까 마음은 좀 편했죠. 너 배 안 고프냐? 승아가 물었어요. 난 괜찮은데. 제가 말했죠. 오다가 봤는데 거리에서 양고기 굽더라? 가서 좀 끼지 않을래? 무슨 파티 하나 봐. 저는 그런 거 딱 질색인데 그 애가 앞장서서 가기에 어쩔 수 없이 그냥 따라갔어요. 동네잔치가 벌어졌더라고요. 그중 한 아저씨가 우릴 보더니 들어오라는 시늉을 했어요. 승아는 말 한마디 안 통하면서 사람들이 고기 주니까 고기 받아먹고 술 주니까 술 받아 마시고 춤추자니까 춤도 같이 췄어요. 공부만 잘하는 게 아니라 사회성도 짱이구나 싶은 게 와, 존경.

있잖아. 승아가 숙소로 돌아가는 길에 말했어요. 나 사실 영어 안 하거든? 너 영어 잘하니까 당장은 네가 통역 좀 해 주라. 정말 답답하네. 그러는 거예요. 제가 좀 어리둥절했나 봐요. 가만있었죠. 혹시 얘 과학 영잰가. 무슨 과목을 얼마나 대단하게 잘하면 영어를 대충해도 되는 걸까. 그 애가 더 우러러보였어요. 열심히 해 보겠다고 했죠. 아니, 뭐 대충해. 승아가 히죽 웃었어요. 캠프에 도착한 시간은 11시였고. 첫날은 그게 다예요. 승아와 뭘 도모할 시간은 있지도 않았어요. 약국이요? 아뇨, 거기 그런 거 없던데요. 직접 가보시면 알아요. 아님, 구글 맵 찾아보세요. 거기 다 나오는데.

해리 백은 다음 날 만났어요. 마거릿 패리도요. 아줌마 얘기는 안 해도 되죠? 사고가 있었을 뿐이고요. 아줌마한테 피해 주고 싶지는 않아요. 아니요, 마거릿 아줌마가 우리한테 죄를 덮어씌웠을 리가 없어요. 안 믿어요, 그랬을 리가 없어요. 좋은 사람이에요, 그 아줌마.

좋은 사람 마거릿 패리

리스 서밋에서 마거릿 패리를 모르는 사람은 없었다. 마거릿은 사교성이 좋아서 사람을 보면 먼저 말을 거는 스타일이었고, 일단 대화를 시작하면 쉽게 끝내지 않았다. 그래서 그런가. 몇몇 사람들은 마거릿이 사정거리 안에 들어오면 잽싸게 내뺐다. 마거릿이 싫어서라기보다는 바쁜 일이 있어서 그랬을 것이다. 마거릿은 지역사회를 위해 많은 일을 했는데 각종 모금 행사나 후원회를 이끌었고 문화 행사에도 빠지지 않았다. 마거릿은 자신의 고향인 리스 서밋을 사랑했으므로 지역을 위해서라면 팔을 걷어붙이고 나서는 사람이었다.

마거릿은 특히 아이들을 아꼈다. 마트에서 우는 아이가 있으면 (아이 엄마가 원하건 원치 않건) 자기 돈으로 사탕을 사서 아이의 손에 들려 주었고, 쇼핑몰에서 길을 잃은 아이를 보면 아이 손을 덥석 잡고 아이스크림 가게로 데려갔다. 아이를 찾던 부모가 감사의 말 대신 마거릿을 신고한 경우도 있었는데, 그때마다 경비가 부모를 뜯어말리며 하는 소리가 패리 여사는 종종 그런다는 것이었다. 경력 20년 차의 쇼핑몰 경비가 봤을 때 부모의 손을 벗어난 아이는 그 자리에 서 있으면 곧 부모에게 발견됐다. 문제가 생기는 경우는 꼭 마거릿이 만들었는데, 그녀가 아이를 아이스크림 가게에 데리고 가는 바람에 탈이 나고는 했다.

"패리 여사, 다음부터는 제발 고객 센터에 신고부터 해 주세요."

혼비백산한 부모의 닦달에 애를 먹은 경비가 간곡히 부탁했지만 그런 말을 귀담아들을 마거릿이 아니었다. 부모가 사라지면 아이는 엄청난 격정의 상태에 다다르고 그때 단것을 먹지 못하면 아이는 평생 트라우마에 시달리게 될 것이라는 게 마거릿의 주장이었다. 그런 부모는 애를 좀 태워 봐야 정신을 차린다. 마거릿이 보기에 요즘 젊은 부모들은 아이 하나 건사하지 못하는 주제에 남탓을 하는 데 탁월했다. 지난번 엘리베이터에서 당한 일은 또 어떻고. 유모차에 누운 아기 얼굴에 대고 우스운 표정을 지었다가 아이 아빠한테 된통 당했다. 세균이 어쩌고 감염이 어쩌고. 세상에, 그게 무서우면 아예 밖에 나오지를 말아야지. 마거릿은 사람과 사람 사이의 간격이 점점 벌어지고 남의 일을 나 몰라라 하는 것이 현대 재난의 시작이라고 진단 내렸다.

최근 들어서는 불행한 10대 아이들이 유난히 눈에 밟혔다. 신체 여기저기 구멍을 뚫고 메탈을 박아 놓은 아이들은 딱히 가난해 보이지 않았는데도 너저분한 차림으로 거리를 배회하고 다녔다. 심지어 배고프다고 구걸하는 아이들까지 있었으니 예전에는 볼 수 없던 풍경이었다. 마거릿은 지폐 몇 장을 건네주고 가던 길을 가는 무심한 사람이 아니었으므로 그 아이들을 맥도날드에 데려가 마음껏 먹도록 해 주었다. 소문은 순식간에 퍼졌다. 엄청난 굉음을 내며 떼로 달려오는 모터바이크가 마거릿의 차를 둘러싸고는 배가 고프다고 징징거렸다.

"시도 때도 없이 이렇게 쫓아다닌다고 그때마다 맥도날드를 데려갈 수 있는 게 아니다. 자, 여기!"

마거릿이 트렁크에 잔뜩 실어 놓은 빵과 음료수를 꺼내 들자 여기저기서 야유가 터져 나왔다.

"우리가 애기야? 웬 빵과 우유?"

"그냥 돈을 줘요. 우리가 알아서 사 먹게."

혀에 해골 모양 피어싱을 한 남자아이의 말에 마거릿은 코웃음 쳤다.

"정말로 배가 고픈 거라면 빵과 음료수를 집어 가. 아님 말고."

여자아이들도 마거릿을 찾아왔다. 눈썹을 시커멓게 칠하고 하이힐을 신고 나타난 여자아이들이 자기들은 열여덟 살이나 먹었으니 술이나 사 달라고 했다.

"세수부터 하고 나와."

마거릿이 화장솜과 클리너를 건네면 여자아이들은 맥도날드 화장실로 향했고, 솜털 보송보송한 모습으로 돌아왔다.

"아줌마는 진짜 꼰대야."

맨얼굴이 된 여자아이들은 맥주 대신 맥도날드에서 제일 비싼 햄버거를 주문했다.

"기왕 사 줄 거 술을 사 달란 말이야."

"네 부모한테 졸라. 난 여기까지야."

마거릿이 선을 긋자 아이들은 노래를 했다.

"착한 여자 마거릿 패리. 빵 대장이래. 빵만 사 준대. 사람이 빵만 먹나. 술도 먹고 담배도 먹지. 아, 됐다. 술은 딴 데 가서 얻어먹지, 뭐."

여자아이들이 그렇게 노래를 하면 마거릿은 부아가 치밀면서도 걱정이 앞섰다.

"다른데? 어딜?"

"있어! 아줌마는 몰라도 돼. 어차피 아줌마는 받아 주지도 않는다고."

아이들은 자기들끼리 킬킬거리며 마요네즈 범벅이 된 빅맥을 입에 욱여넣었다.

아이들이 그렇게 차려입고 돈을 벌거나 술을 얻어먹을 수 있는 곳이 리스 서밋에도 있기는 있었다. 마거릿 패리가 몰라서 그렇지 그런 데는 어디든 있었다. 작은 동네든 큰 동네든.

"빅맥을 먹었으니까 값은 해야지, 그렇지?"

"어떻게요?"

"집으로 돌아가. 허튼짓은 집어치우고."

"오오, 스위트 홈? 그런 게 어딨다고."

빅맥을 해치운 아이들은 입술에 립스틱을 덧칠하고 꽉 끼는 셔츠 안에 패드를 넣고 젤 바른 머리를 한껏 치켜올린 다음 모터바이크에 엉덩이를 붙였다.

"바이 바이, 마거릿. 러브 유."

아이들은 엄지를 치켜올리고 혓바닥을 내밀며 손 키스를 날리고는 음악을 시끄럽게 틀고 경적을 울리면서 사라져갔다.

"나이 들어 봐. 그 뾰족한 하이힐이 너희 척추를 다 망쳐 놨다는 걸 알게 될 거다. 화장독으로 얼굴은 할망구처럼 쭈글거리고. 그날은 오게 되어 있어. 금방 온다고! 그러니까 지금 잘 살아야 해. 알아들어?"

마거릿은 아이들의 뒤통수에 대고 소리를 질렀다. 주차장 청소 중이던 맥도날드 직원 알리스가 저도 모르게 픽 웃음을 터뜨렸다.

"웃었어요, 지금?"

마거릿이 쏘아붙였다. 알리스는 얼른 웃음을 감추고 마거릿의 발밑을 마저 쓸었다.

"내가 이러는 게 우습다 이거예요?"

"아, 아뇨."

"근데 왜 웃어? 당신도 저럴 때가 있었겠지. 근데 봐요. 우린 나이 들었어. 순식간이었잖아. 저때 누군가 얘기해 주는 사람이 필요하다고."

"그러니까요. 어차피 늙으면 허리가 망가지고 피부는 할망구처럼 쭈글쭈글해져요. 곧 그렇게 되는데요, 뭐. 어릴 때 실컷 놀아나 봐야죠."

"말 이상하게 돌아가네. 내 말은 그러니까 저 아이들이 지금 잘 살아야 한다는 거지!"

마거릿이 목소리를 조금 높였다.

"잘 살고 있는데요, 뭐. 저렇게 다니는 게 저는 좋아 보여요."

앨리스가 비질을 멈추고 아이들이 떠난 길을 바라보았다.

"방금 당신도 들었잖아요? 내가 술을 안 사 주면 딴 데 가서 얻어먹는데. 그럼 쟤들이 어디로 갈까? 그게 잘 사는 거라고? 그게 당신 눈엔 이뻐 보인다는 거지! 내 참, 남의 딸 얘기라고 그렇게 함부로 하는 게 아니우. 다 내 아이고 이웃이지."

"그러니까 패리 여사가 사 주면 되잖아요. 빵 대신 술 좀 사 주면 어때요? 요새 타운에 새로 생긴 바가 있는데, 캔디맨이라고."

"어머나, 미쳤나 봐?"

마거릿이 소리를 꽥 질렀다.

"바 이름만 들어도 끔찍하네. 날 뭐로 보고 그딴 소리를 해요? 내

가 서글서글하게 군다고 아무 기준도 없는 줄 아나. 아이들한테 사
줄 게 따로 있지."

"그깟 술 좀 마신다고 어떻게 안 돼요."

마거릿이 흥분해서 말을 잇지 못하는 동안 알리스는 뭐가 웃긴
지 계속 웃으며 말했다.

"캔디맨은 됐고요. 마트에서 맥주라도 사다가 아이들이랑 얘기
좀 해 보세요. 아이들도 스트레스가 많거든요. 햄버거 먹을 때랑은
다른 얘기가 쏟아져 나오죠. 가끔 좀 느긋해지면 어때요? 지구는
뜨거워지고 정치는 썩었고 남편들은 이기적이고. 근데요, 이 망할
세상이 당장은 안 망하거든요. 그러니까 가끔은 일탈도……."

"일탈!"

마거릿이 흥분해서 한 옥타브 올라간 목소리를 내자 알리스가
다시 씨익 웃었다. 그래, 또 웃었겠다.

"당신 같은 방관자들 때문에 세상이 이 지경이 됐는데 뭐, 나더
러 느긋하게 일탈을 즐기라고? 지구는 당장에 안 망한다 치고 저
아이들 인생은 어떻게 되는 건데? 당신은 저 아이들이 불쌍하지도
않아?"

"왜요? 불쌍한 건 우리죠, 패리 여사. 쟤들은 떠났고 우린 여기
남은 신세예요. 여기 서서 모터바이크가 싣고 가 버린 저 탱탱한
엉덩이와 젊음이 부러워서 시샘하고 있잖아요. 인생이 어쩌고저
쩌고. 괜히 아이들을 앉혀 놓고 시시콜콜 잔소리나 늘어놓고. 꼰대

질은 다 질투가 시키는 거라고요."

"이 여자가! 당신이나 그렇겠지. 내가 왜? 난 달라요. 그냥 저 아이들이 행복하길 바라."

"치이, 그럼 패리 여사는 또 다른 불쌍한 사람들을 찾아다니시겠죠. 그 옆에 있으면 좀 덜 불행하게 느끼시려나."

"뭐야? 난, 불행하지 않아."

목이 뻑뻑했다. 날카로운 통증이 마거릿의 머리뼈를 관통했다.

"맞아요, 좀 우울한 것뿐이에요."

"지금 나를 진단해?"

마거릿의 목소리가 더욱 커졌다.

"알렉스, 미쳤어? 손님한테 무슨 짓이야?"

급하게 달려온 매니저가 소리쳤다.

"정말 죄송합니다, 손님. 아, 패리 여사셨군요. 정말 죄송해요. 알렉스가 아직 일이 미숙해서요."

매니저가 마거릿에게 고개를 숙였다.

"당신, 직원 교육 좀 단단히 시켜."

마거릿의 목소리가 갈라졌다. 매니저는 알리스의 손목을 억지로 움켜쥐고 매장 쪽으로 끌었다.

"알리스예요! 왜 사람 이름을 자꾸 바꿔 불러요?"

알리스가 매니저의 손을 뿌리치며 말했다.

"쉿! 조용히 해. 어쨌거나 넌 해고야. 창피한 줄 알아. 손님과 붙어서 싸우다니."

"그냥 대화 좀 한 것 가지고 해고요?"

"앨리스, 당신 몰골 보고 손님들이 밥맛 떨어진대. 남자란 놈이
화장하고 여자처럼 입고 다니는 거 여기 리스 서밋에선 용납 못
해. 나도 여태 참은 거라고. 너같이 불행한 종자도 인간이니까. 하
지만 더 이상은 못 참아."

"허, 그게 숙녀한테 할 말이에요?"

"하하. 그래, 좆 달린 게 숙녀냐?"

매니저는 앨리스를 매장 안으로 끌고 들어갔다. 밖에 혼자 남은
마거릿의 가슴이 뛰기 시작했다. 세상에. 주여, 악마가 우리 동네
에 살고 있었나이다. 마거릿은 매장 안을 기웃대며 다시 한번 앨
리스를 힐끗거렸다. 어떻게 여태 몰랐을까? 아무리 화장을 하고
옷을 여자처럼 입었대도 거구의 서양 남자들은 티가 나기 마련이
다. 트랜스젠더들도 마거릿의 눈은 속일 수 없었다. 하느님이 주신
몸을 제멋대로 변형시킨 자들은 제아무리 예뻐졌대도 마거릿의
눈에는 본모습이 훤히 보였다. 그런데 세상에. 감쪽같이 속았다.
동양인들은 도무지 나이도 성별도 감을 잡을 수가 없는 게 문제
다. 하긴 말수 적고 얌전한 앨리스가 감히 나한테 저런 설교를 늘
어놓을 줄 누가 알았겠어. 마거릿은 꼭 맞은 사람처럼 온몸이 욱
신거렸다. 뭐, 질투? 요즘 사람들은 남의 선의를 그런 식으로 깔고
뭉갠다. 내가 불행해서 아이들에게 선의를 베푼다고? 내가 우울하

다고?

마거릿은 차 트렁크를 열었다. 안에는 베이글과 머핀, 딸기잼, 과자, 음료수 등 먹거리로 가득했다. 지난주에 코스트코에서 사들인 거였다. 일부러 거기까지 갔고 아이들이 좋아할 만한 것들을 샀다. 그런데도 아이들은 고마운 걸 모르더라. 트렁크를 열어젖히면 그 엄청난 양의 음식에, 마거릿의 정성에, 그 마음 씀씀이에 감탄이 터져 나오는 대신 피식거리는 소리가 들렸다. 저희들끼리 눈치를 주고받다가 가장 비싼 것만 골라 갔고 베이글과 딸기잼 같은 것은 손도 안 댔다. 처음부터 비싼 초콜릿이나 비스킷은 목록에 넣지도 않았다. 배가 고플 땐 베이글이 최고 아냐? 너희는 배가고픈 거고 초콜릿은 기호식품이다. 마거릿은 두 개 묶음으로 붙어있는 베이글이 매장에 남아 있는 것을 보고 얼마나 기뻐했던가를 떠올리다가 지금 눈앞에 그 베이글이 하나도 안 빠지고 그대로 쌓인 걸 보자 화가 치밀었다. 배가 덜 고팠네. 초코바나 과자만 잔뜩집어 간 것 좀 보라지. 왼쪽 팔 전체에 문신을 한 여자아이가 커다란 과자 봉지를 집어 들고 순 싸구려뿐이라고 했던 게 생각났다. 꼭 그런 아이들이 있다. 그런 사람들이 선의를 왜곡하고 짓밟는다.

마거릿은 갑자기 눈물이 쏟아졌다. 내가 우울해 보여? 아무도 그런 말을 마거릿 앞에서 꺼내지 않았다. 리스 서밋 자원봉사단회원들, 목요 포커 게임 이웃들, 기후 대책 지역위원회, 독서 토론회, 토요 골프 모임은 또 어떻고. 그들은 마거릿이 늘 옳다고 그랬고, 마거릿처럼 지역사회에 보탬이 되어야 한다고 그랬고, 마거릿처럼만 인생을 즐길 수 있다면 얼마나 좋겠느냐고 그랬다. 거짓말쟁이들. 적어도 앨리스는 진실을 말했다. 마거릿 패리의 인생은 조급하고 기복이 심하고 불안하며 그래, 행복하지가 않다. 마거릿은 도무지 느긋해지지가 않았다. 그게 마거릿의 진짜 문제가 아니던가. 앨리스는 어떻게 알았지?

마거릿은 갑자기 가슴이 후끈해지고 머릿속에 팬이 도는 것처럼 휭휭거렸다. 바보 같은 짓이었다. 모두를 잘도 속여 넘겼다고 생각했는데 사실은 맥도날드 직원 하나를 못 속였다. 어쩌면 일탈이 처방이 될 수도 있겠네. 마거릿은 트렁크에 갇힌 음식들을 죄다 꺼내서 밖으로 던졌다. 주차장 바닥에 떨어진 과자 봉지를 구두로 으깨자 빠직 과자 부서지는 소리가 들렸다. 마거릿은 한 번 더 그랬고 또 한 번 또 한 번. 과자 봉지는 터지고 부서졌고, 베이글은 짓이겨졌다. 마거릿은 마지막으로 커다란 딸기잼 유리병을 바닥에 던진 다음, 그것이 파삭 깨지며 붉은색 잼이 뭉근하게 흐르는 걸 지켜보다가 차로 돌아갔다.

사피엔스는 한때 아프리카에 모여 살았다

이건 해리의 계획이 아니었다. 해리는 천수 앞에 나타나서는 안 됐다. 미숙과의 약속도 그렇지만 스스로도 천수를 만날 자신이 없었다. 그런 사정을 알 리 없는 이반 아셰프가 해리의 어깨를 톡톡 건드리며 말했다.

"한국 아이들이 왔으니 자네가 돌봐야 하지 않겠나. 그 아이들은 마사이 빌리지 팀이니까 자네가 잘 인솔하게."

이 사람 좀 보게. 현지 체류비를 아끼려고 제일 값싼 빌리지 체험 프로그램에 한국 아이들을 쑤셔 넣은 것도 모자라서 나보고 가이드를 맡으라고? 해리는 목을 우두둑 꺾었다.

"사무국장님, 올해 잘해야 내년에 아이들이 모이죠. 한국인 가이드가 동반한 거 들통나면 끝장입니다. 한국 사람들이 해외에서 제일 싫어하는 게 뭔지 아십니까? 한국 사람이에요."

"허허!"

이반 아셰프가 탁자를 두드리면서 웃었다.

"이봐, 해리. 당신 영어 썩 괜찮잖아. 자네 한국에 안 들어간 지 얼마나 됐지? 한 10년 되지 않았어? 한국 사람인 것만 속이면 돼. 자넨 이제부터 이민 3세 영국인이야."

"진짜 저한테 왜 이래요? 본부에서 일하게 해 주신다고 했잖아요. 이번 가이드는 절대 못 맡아요. 아님 그 아이들을 다른 팀에 배치하시던가요."

"워워, 팀 배정은 끝났어. 스태프 배정도 끝났고. 갑자기 다른 팀에서 일하던 스태프를 투입하면 그 사람들이 마사이 빌리지에 대해서 뭘 알아? 올해까지만 당신이 하고 내년부턴 본부로 올라오게. 오케이?"

이반 아셰프가 두 눈을 초승달처럼 찌그리고 웃었다. 해리의 뱃속이 부글부글 끓었다. 저 장사꾼 이반 아셰프의 머릿속에 아프리카 사람들이 차지하는 비율은 어느 정도일까. 하긴 그가 쥐새끼 같은 구석은 있지만 아프리카 사람들의 등을 쳐 먹는 악질까지는 아니었다. 기껏 마을 사람들을 동원해서 관광객들을 구경시키고 사진이나 찍은 다음, 밥 한 끼 먹이지 않고 돌려보내는 경우도 허다하지 않던가. 이반 아셰프는 그런 경우에도 마을 사람들에게 시급을 따박따박 쳐줬다.

부유한 나라 사람들은 배에 지방이 너무 꼈고 생각이 지나쳤다. 그러더니 아프리카 판타지에 시달렸다. 그들은 상상했다. 아프리카 사람들은 때가 묻지 않은 순수한 영혼을 가졌다고. 한데 몸은 나약하고 병들어 경제적인 도움이 필요하다고. 그들은 코흘리개 어린아이들의 콧물을 닦아 주려고 막무가내로 달려들었고, 자기들보다 날씬한 아프리카 여인들에게 버터와 과자와 온갖 정크푸드를 먹이고 싶어 안달했고, 곡괭이를 들고 땅을 파며 흉측한 건물을 지으러 몰려들었다. 또 있다. 세계 곳곳에서 몰려온 대학생들은 어린 학생들에게 수학을, 영어를, 세계사를 가르치고 싶어 했다. 배움만이 살길이라고 가르쳤다. 그들 또한 그렇게 배웠으니 똑같이 따라했다. 대학 때 딱히 야망을 펼칠 일이 없어서 그러기도 했다. 외국 대학생들이 우르르 몰려왔다 가면 현지 교사들은 뒤처진 진도 때문에 애를 먹었다.

그러니 아프리카 사람에게도 무언가 보상해 줘야 하지 않겠는가. 그들에게 아프리카 판타지를 채워 줬으니 현지인들도 정당한 대가를 받아야 한다는 것에는 이반 아셰프와 해리 백의 견해가 정확하게 일치했다. 이반 아셰프는 그 방면에서 탁월했다. 조금 전 해리에게 한 것처럼 찌그러진 미소를 짓고 마을 곳곳을 돌아다니면서 학교며 고아원이며 부족장이며 마을 유지들에게 한 움큼의 지폐를 뿌렸다. 그러면 마을 사람들은 세계 곳곳에서 찾아온 봉사자들에게 봉사했다. 이러한 연대야말로 진정한 나눔이 아니겠는가.

이토록 잘 짜인 조직도를 모르는 사람들은 대부분 10~20대 젊은이들이었다. 그들은 세계가 어떻게 돌아가는지 딱히 계산하지 않았다. 눈앞에 보이는 것이 전부라고 믿는 바보, 아니 그걸 바보 같다고 표현하고 싶지는 않았다. 순수한 믿음이니까. 세상이 사랑과 연대로 어떻게든 잘 돌아가리라는 믿음 말이다. 막연하다. 해리는 아이러브 발룬티어에 오는 청년들을 볼 때마다 자신의 20대가 떠올랐다. 그땐 우정과 사랑과 노래와 춤이 있었지. 이젠 너무 늙었어. 해리는 스스로를 그렇게 진단했다. 이반 아셰프와 손을 잡고 앙벵야를 부자로 만들고, 마을에 돈이 돌게 한 것도 모두 늙은 해리의 짓이었다. 젊은 해리는 가난했다. 처음 마을에 도착한 젊은 선교사 백해일의 꿈은. 그만. 해리 백은 백해일에 대해선 생각하고 싶지 않았다. 당장은 천수를 만나야 했다.

해리는 사파리 모자를 눌러쓰고 집결 장소로 나갔다. 사무실 마당은 전 세계에서 몰려든 젊은이들로 소란했다. 해리는 도망가고 싶었다. 동시에 천수의 얼굴을 확인하고 이름을 부르고 덥석 껴안고 싶었다. 아이들은 웅성대고 까불고 시끄럽게 떠들었다. 황갈색 머리, 곱슬머리, 빨간 머리 사이에 차분하게 빗은 새까만 머리통이 보였다. 키가 멀거니 크고 깡마른 동양인 소년. 해리의 가슴 한 귀퉁이가 조여 왔다. 하얀 얼굴, 연한 밤색 눈, 둥그런 눈매와 미소 짓듯 올라간 입꼬리까지. 해리의 심장이 요란하게 박동했다. 거기

10대의 형이 서 있었다. 어린 자신이 보였다. 해리는 모자챙을 밑으로 끌어내리며 서서히 걸어갔다.

"빌리지 팀? 아임 유어 가이드. 콜 미 해리."

천수와 승아가 고개를 들었다. 사파리 모자를 눌러쓴 중년의 남자는 그늘 때문에 얼굴의 절반이 가려진 데다 별로 친절해 보이지도 않았다. 남자는 앞으로의 일정에 대해 짧게 설명했다. 다른 팀원은 보이지 않았다. 천수는 고개를 돌려 지난밤 룸메이트들을 힐끗거렸다.

"잘해 봐."

스웨덴 남자아이 둘이 천수를 향해 윙크했다. 남쪽 해안 도시인 몸바사로 가는 팀에는 어젯밤 펍에 같이 있었던 여자아이 다섯 명까지 합세해 여행 분위기를 더했다. 그쪽은 지저분해 보이는 커다란 배낭을 둘러메고 레게 머리를 길게 땋은 채 플립플롭을 질질 끌고 다니는 자유로운 배낭여행자의 모습이었고, 자신들은 왠지 패키지에 묶인 어린아이들처럼 느껴졌다. 천수는 윤기 나는 자신의 캐리어를 뒤로 슬쩍 치웠다.

"오, 쏘리 쏘리. 우리가 늦었네."

덩치 큰 캐리어가 들들들 큰 소리를 내며 달려오더니 천수가 방금 밀어 놓은 캐리어 옆에 탁 섰다. 키가 크고 우람한 백인 여성이 천수에게 손을 내밀었다.

"마거릿 패리. 미국에서 왔어요. 아, 이쪽은 내 남편, 존 패리. 반

가워요. 우리가 이제부터 같은 팀인가요? 와우, 짱 신나. 난 원래 너희 같은 10대 아이들이랑 진짜 잘 맞아."

마거릿 패리는 신나 죽겠다는 표정으로 인사를 건넸다.

"안녕하세요, 전 백천수. 쟤는 고승아예요."

천수가 대신 승아까지 소개했다.

"우린 어젯밤에 마사이 마라에서 막 도착했거든요. 우아, 사자가 먹이를 어떻게 먹는지 알아? 오호, 말로 표현이 안 돼. 글쎄 아기 코끼리들이 아장아장 걷는데. 귀여워. 와오, 피곤해 죽겠어. 그래도 이제 진짜 현지인들이 사는 마을로 들어갈 생각을 하니까 막 긴장되는데?"

마거릿이 두 주먹을 쥐고 춤추듯 몸을 흔들자 풍덩한 셔츠 사이로 드러난 가슴과 물렁한 뱃살, 허벅살이 다 함께 출렁거렸다.

"여보, 그만 떠들어."

옆에서 남편인 존 패리가 주의를 주었다. 그는 마거릿보다는 단정한 차림으로 베이지색 반바지에 흰색 양말과 흰색 나이키 운동화를 신고 구식 카메라를 대각선으로 걸쳐 멨다.

"다 온 것 같군요."

해리가 종이에 사인을 한 다음 일행을 바라봤다. 사파리 모자를 눌러쓴 해리가 고개를 들자 작고 메마른 동양인 남자의 얼굴이 드러났다.

"꼭 한국 사람 같다."

승아가 천수의 팔꿈치를 툭툭 치며 속삭였다.

"아닐걸. 그랬으면 한국말로 알은척했겠지."

천수는 해리를 쳐다보았다. 사파리 모자 속에 숨겨진 그의 눈이 자신을 향해 있었다. 깜짝 놀란 천수가 반사적으로 고개를 돌렸다. 전원 10대로만 이루어진 몸바사 팀은 킬킬대며 미니밴에 오르는 중이었다.

"팔로 미."

해리가 배낭을 어깨에 메고 앞장섰다. 승아와 천수는 캐리어를 드륵드륵 끌며 따라갔다. 마거릿이 신나게 뒤쫓았다. 맨 마지막으로 존이 심드렁한 표정으로 다른 미니밴을 힐끗거렸다. 다른 팀은 예쁜 여자아이들도 많더만. 걸려도 꼭 이런 식이다.

"존! 빨리 와요, 여보."

마거릿이 손짓을 했다. 존은 뛰는 시늉을 했다. 아프리카에 와서 좋은 점이 있다면 마거릿이 달라졌다는 거였다. 마거릿은 케냐에 도착한 이후 들뜬 소녀처럼 굴었다. 어딜 가도 신기해했고 뭘 해도 재밌어했다. 역시 존은 자신의 판단이 옳았다는 생각에 뿌듯했다. 라몬 사건(그 녀석의 이름은 듣기만 해도 토가 나올 지경이다) 이후로 급격하게 우울해진 마거릿을 집 밖으로 나오게 한 것은 결국 의사가 아니라 자신이지 않은가. 의사는 부부 위기를 극복하기 위해 베니스나 산토리니를 권했지만 존은 로맨틱한 여행이 더 끔찍했다. 가서 싸우지나 않으면 다행이지. 그러다 눈에 띈 게 아프리카 여행 상품이었다.

멍하게 텔레비전만 보고 있던 마거릿에게 존은 여러 개의 아프리카 상품이 들어 있는 여행 브로슈어를 내밀었다. 드넓은 초원에서 갈기를 휘날리며 뛰어가는 사자와 이빨을 드러낸 맹수들의 위용 있는 모습, 분홍색 플라밍고가 끝도 없이 펼쳐진 색깔의 향연. 또 인도양을 접한 바닷가 휴양지에는……. 옆에서 뭐라고 떠들어도 시큰둥하던 마거릿은 존이 한편으로 제쳐 놓은 초라하게 제작된 브로슈어를 집어 들었다.

"로컬 민박과 에코 투어. 현지 봉사활동으로 아프리카 아이들을 돕는 착한 여행."

이런 제기랄. 존은 저런 미사여구들을 싫어했다. 착한, 공정, 지속 가능 등. 차라리 럭셔리를 전면에 내세운 아프리카 사파리 여행이 존에게 맞았다. 존의 마음과는 달리 마거릿은 한 장의 사진을 눈여겨보았는데 새카만 아프리카 아이들의 매끌매끌한 머리통 사이에 끼인 백인 자원봉사자들이 함빡 웃고 있었다.

"세상에, 얘들 좀 봐. 어쩜 이렇게 맑고 예쁘지?"

마거릿은 서서히 소파에서 몸을 일으켰다. 저길 가자고? 생각하고 말고 할 것 있나. 마거릿은 당장 짐을 쌌다. 아프리카에는 착한 아이들이 있을 것이었다. 그리고 그 아이들은 마거릿을 실망시키지 않을 것이었다. 존이 보기에 그런 건 다 어줍지 않은 판타지였지만 그는 입을 꾹 다물었다. 마거릿의 엉덩이가 소파에서 떨어졌다는 것, 그게 중요했다.

그랬는데 지금은 되려 지나치게 활동적인 마거릿 때문에 죽을 맛이었다. 존의 체력으로는 조증의 아내를 쫓아다니기 힘들었다. 그러다 언제 다시 울증이 돌발할지 몰랐다.

해리가 운전하는 미니밴은 나이로비 시내로 곧장 진입했다. 블록마다 설치된 거대한 전광판에는 근육질의 흑인 모델들이 저마다 새하얀 이를 드러내고 보는 이들을 환대했고, 말쑥하게 잘 차려입은 나이로비 현지인들의 바쁜 발걸음이 도시에 활기를 더했다. 높은 빌딩 숲으로 깊숙이 들어갈수록 점점 익숙한 풍경이 나타났다. 엇비슷하게 지어진 회색 건물과 미어터지는 사람들, 꽉꽉 막힌 도로 정체. 감히 월요일 아침 출근 시간에 나이로비 중심가로 겁도 없이 쳐들어온 미니밴은 다른 차와 보조를 맞추기 위해 함께 경적을 빵빵 울려댔다.

"뭐 이래? 아프리카 온 거 맞아? 사자랑 코요테. 이런 아이들은 다 어디 있대?"

승아가 투덜거렸다.

"아, 걔들은 마사이 마라 국립공원에."

천수가 대답했다.

"마사이 마라? 거기 다녀왔니?"

마거릿이 끼어들었다.

"네에? 아, 아뇨. 우린 빌리지 체험 끝나고 간대요."

천수는 짧게 대답하고 마쳤다. 길게 얘기하면 미국식 영어로 자꾸 뭔가 물어볼 텐데 승아에게 영어 실력을 들키고 싶지는 않았다. 마거릿은 첫눈에 천수가 마음에 들었다. 온순하고 예의 바르다. 하긴 라몬도 그랬었지. 마거릿은 라몬 이후로 어떤 아이한테도 마음을 내주지 않는 법을 익히는 중이었다. 헤프게 정 주지 마라. 친구들이 충고했지만 마거릿은 천성적으로 누군가를 좋아하지 않고는 살기 힘든 사람이었다. 천수에 비해 옆에 덩치 큰 여자아이는 좀 성질이 있어 보인다. 동양인들은 죄다 날씬한 줄 알았는데 저 아이를 보니 그렇지도 않네. 마거릿은 승아의 허벅지를 자기 것과 번갈아 보며 비교했다.

"와, 끝내준다. 저건 뭐래?"

아까부터 차창 밖으로 고개를 빼고 있던 승아가 잔뜩 흥분해서 외쳤다. 미니밴은 화려한 쇼핑몰을 지나치는 중이었다. 겨자색으로 깔끔하게 지어진 현대식 새 건물은 명품 브랜드 간판을 내걸고 행인들의 눈길을 도도하게 사로잡고 있었다. 쇼핑몰을 빙 둘러싼 녹색 야자수 사이로 흰색 유니폼을 맞춰 입은 경비원과 청소부들이 부지런히 움직였고, 세련된 정장 차림의 직장인들이 노천카페에 앉아 모닝커피를 마셨다. 천수도 이국적인 풍경에 눈이 휘둥그레졌다. 아프리카는 못사는 나라인 줄 알았는데 여기도 이런 게 있었다. 한껏 멋을 내고 노천카페 한가운데에 앉아 차를 마시는 젊은 여자 셋이 보였다. 검은 정장에 녹색 스카프를 두른 여자가

긴 머리칼을 넘기면서 이쪽으로 고개를 돌렸다.

"엄마?"

천수는 자리에서 벌떡 일어섰다. 동시에 미니밴이 심하게 덜컹거리며 급브레이크를 밟고 멈춰 섰다.

"아야! 해리, 무슨 일이에요?"

마거릿이 신경질을 냈다. 해리의 매서운 눈이 천수를 향했다가 쇼핑몰 쪽 풍경을 살폈다. 엄마라니. 강미숙이 여길 왔다고? 바깥에는 젊은 케냐 여자 셋이 즐겁게 티타임을 즐기는 중이었다. 해리의 뻣뻣한 목이 다시 정면을 향했다. 천장에 머리를 부딪친 천수가 몸을 일으켜서 다시 창밖을 내다봤을 때 쇼핑몰은 저만치 멀어지고 있었다. 점점 작아지는 녹색 야자수가 흔들렸다. 여자 세 명이 이제는 한 덩이로 보였다. 천수는 침을 삼켰다. 건물 꼭대기에 붙은 영어 간판이 흐릿하게 눈에 들어왔다. 웨스트게이트. 서쪽으로 통하는 문이라는 뜻일까. 천수는 토끼 굴에 떨어진 앨리스가 된 기분이었다. 어째서 흑인 여자가 엄마로 보였을까. 천수는 휴대폰을 만지작거렸다. 엄마는 지금쯤 화가 풀렸을까.

"얘, 괜찮니?"

마거릿이 물었다. 천수는 급히 호주머니에 휴대폰을 쑤셔 넣으며 고개를 끄덕였다.

"너 한국에서 왔지? 몇 살이야? 우리 동네에도 한국에서 온 남자가 하나 있긴 한데. 아니, 남자가 아니라 여자. 그게⋯⋯ 둘 다야. 내가 뭐라는 거니? 아무튼 알리스도 한국인이지. 우린 처음엔 안 친했어. 그러다 사건이 하나 있었는데."

"여보, 제발 그 횡설수설 좀 그만해. 잠 좀 자자."

마거릿의 말이 채 끝나기도 전에 존이 소리를 버럭 질렀다.

"저 아이는 네 여자 친구니? 너랑은 좀 안 어울리는 것 같다?"

"제발 좀!"

존이 짜증을 냈다.

"알았어요, 알았어. 어쨌거나 천수, 이게 다 인연 아니니. 내가 어떤 책에서 읽었는데 우리 사피엔스는 원래가 아프리카에서 퍼져 나간 거란다. 그래서 아웃 오브 아프리카야. 그러니까 한국인이나 미국인이나 같은 씨족인 셈이야. 재밌지? 평생 리스 서밋에서만 살아서 그런가 그동안 내 시야가 너무 좁았단 생각이 들어. 아프리카에 도착한 후부턴 뭐든 다 달리 보이는 거 있지. 그렇지, 여보?"

마거릿이 존의 손목을 탁탁 쳤을 때 그는 이미 코를 골고 있었다. 그 앞에 앉은 승아의 코고는 소리는 더욱 우렁찼다.

"흥, 이이와는 대화가 안 된다니까."

마거릿이 천수를 향해 싱긋 웃었다. 천수도 어색한 미소로 답했다. 계속 마거릿이 저토록 빠른 속도로 알아들을 수 없는 이야기를 해 대면 어떡하나 걱정하던 차에 또 다른 코골이 소리가 들려왔다. 마거릿이 고개를 삐딱하게 꺾은 채 자고 있었다. 천수는 창밖을 보았다. 매끈한 도로가 금세 울퉁불퉁해졌다. 도로 곳곳에 깨진 아스팔트 사이로 잔뜩 고인 흙탕물이 보였다. 시멘트를 덕지덕지 바른 창고 몇 개를 끝으로 이렇다 할 건물은 더 이상 보이지 않았다. 미니밴은 잔뜩 먼지를 일으키며 달려 나갔다. 달리는 동안 간간이 작은 마을이 등장했다.

차가 성성 달리는 길을 꼬맹이들이 겁도 없이 뛰어들었고, 길 위에는 전통의상을 둘둘 말아 입고 귀걸이를 치렁치렁 매달고 나온 마사이 여인들과 청바지에 낡은 셔츠 차림인 마을 청년들이 모여 서서 지나가는 차량을 구경했다. 해리는 능숙한 솜씨로 미니밴을 몰았다. 그가 한국 사람인 건 확실했다. 해외에서 오래 산 한국 사람들은 피부색과 옷차림이 현지화된 탓에 한국에 있는 사람들과 확실히 구분됐다. 그럼에도 묘하게 동질감이 느껴지는 구간이 있었는데 해리가 딱 그랬다. 불안한 사람의 눈초리. 국적을 들키고 싶지 않다는 냉랭함. 누구를 닮았다. 처음에는 연예인과 닮았나 싶었다. 목소리와 말투, 무표정한 얼굴이 이상하게 친숙했다. 마치 오래전부터 알고 있던 사람을 만난 것 같았다. 텔레비전은 아니다. 좀 더 가까운 사람, 그러니까 손으로 만질 수 있고 말을 해 본 사람. 그는 말할 때 시선을 사선으로 내리깔고 왼쪽 볼을 움찍거렸는데 천수는 그런 표정마저 어디선가 본 듯했다.

누구였더라. 초등학교 때부터 지금껏 만난 남자 선생들과 엘리베이터에서 만나곤 하는 이웃집 아저씨들, 학원 버스 기사들, 아파트 경비 아저씨, 심지어 자주 보는 택배 기사들의 얼굴이 뒤죽박

죽 섞여 뭉쳐졌다가 다시 사라졌다. 그때 한 사내의 얼굴이 스윽 나타났다. 남자는 우는지 웃는지 알 수 없는 표정으로 입을 실룩거렸다. 비죽 올라간 입술의 가장자리가 가늘게 떨렸다. 그래, 이 사람이다. 천수의 심장이 빠르게 박동하며 얼굴에 붙여진 이름을 초조하게 떠올리고 있을 때, 해리가 소리쳤다.

"자, 다들 일어나실까요? 마사이 빌리지에 도착했습니다."

그의 목소리가 천수를 현실 세계 속으로 내동댕이치자 사내의 희끄무레한 형상이 뒷걸음치며 사라졌다.

기브 미 캔디 기브 미 러브

마거릿은 환호성을 지르며 가장 먼저 차에서 내렸다. 밖에서 꼬맹이들이 기다리고 있었다. 몇 명이 마거릿에게 매달렸다.

"오, 이 어린아이들 좀 봐. 둥그렇고 커다란 눈망울들!"

아이들이 다가오자 마거릿의 가슴속에서 사랑이 솟구쳤다. 선하고 맑은 흰자위는 검은 피부와 대조되어 더욱 도드라졌다. 너무 예쁜 아이들이야. 순간 마거릿은 안젤리나 졸리가 된 기분이었다. 나도 그 여자처럼 아이를 입양해 볼까. 마거릿은 자신의 마당에서 랄프 로렌을 입고 미끄럼틀을 타는 흑인 아이를 상상해 보았다. 여자아이 하나가 마거릿의 팔을 잡아당기더니 품에 안겼다. 눈썹에 파리가 붙어 있었다. 오, 이런. 마거릿은 얼굴을 찌푸렸다. 여자아이는 손가락을 쭉쭉 빨다가 손바닥을 내밀었다.

"오, 그래. 잊고 있었구나. 존, 선물 상자!"

해리와 존이 트렁크에 가지런히 쌓인 상자를 꺼내 왔다. 상자 안에는 시즈닝 발린 감자칩, 쿠키, 젤리, 사탕, 초콜릿으로 가득했다. 옆에서 승아가 입맛을 다셨다. 상자를 본 아이들은 알아서 차분하게 줄을 섰다. 자기 몫의 사탕과 과자를 받은 아이들은 깔깔깔 웃으며 사탕을 입에 넣었다. 존은 다급히 아이들을 두 줄로 세우더니 그 한가운데 마거릿을 끼워 넣고 사진을 찍었다. 해리가 눈치껏 다가와 존의 카메라를 들고 두 사람을 찍었다.

"너희도 와야지."

마거릿이 손목을 까딱거렸다. 승아와 천수가 뻘쭘하게 다가가 대열에 섰다. 찰칵찰칵. 카메라에서 해방되자 아이들은 공중에서 달랑대는 지렁이 젤리를 입술 사이에 늘어뜨리고 시즈닝에 쩔은 감자칩을 두 손 가득 쥐고 운동장을 뛰어다녔다. 새빨간 흙이 풀풀 날렸다. 그때 단정한 차림의 여선생이 다가왔다.

"안녕하세요, 리디아예요. 엔젤스 스쿨 1학급 담임입니다. 와주셔서 감사해요. 패리 여사께서는 오늘 저희 반을 맡으실 거예요. 여기서 가장 어린 학생들이죠."

"그럼 한국 아이들은 더 큰 아이들을 맡게 되나요?"

마거릿이 천수와 승아를 가리키며 물었다.

"아, 저 친구들은 패리 여사보다 조금 더 오래 머물러요. 아직 시간이 많답니다. 오늘 여사께서 진행하시는 걸 참관하고 준비가 더 되면 그때 가서 두고 보죠. 보통 청소년들은 아이들과 놀아 주는 게 다예요.”

리디아가 미소를 지었다. 공손하고 세심해 보였다. 그런데 뭔가 잘못됐다. 왜 다른 선생들은 보이지 않는 걸까.

“다른 학급의 선생님들도 제 수업을 참관해야 하지 않을까요?”

마거릿이 물었다.

“네?”

리디아가 놀란 듯 되물었다.

“제가 이래 봬도 미국 사람이잖아요. 영어 교육은 케냐에서도 물론 중요하겠죠? 뭐, 세계 공용어니까요. 제가 어떤 식으로 강의를 하는지 다른 선생님들도 보고 배워야 하지 않을까 해서요.”

리디아의 얼굴이 달아올랐다.

“마거릿, 다른 선생님들은 자기 반 수업을 하셔야 합니다. 우리에게 허용된 수업은 1학급 수업뿐이고요.”

해리가 나섰다.

“여보, 제발.”

존이 인상을 구겼다.

“오케이!”

기분이 상한 마거릿은 손톱을 물어뜯었다. 이래서 아프리카 사람들은 발전이 없는 거야. 거저 받을 줄이나 알지 배워서 응용하려는 자세가 되어 있지 않잖아.

"이쪽으로 오시죠."

리디아가 엔젤스 스쿨로 안내했다. 건물은 밖에서 봤을 때는 낡고 작아 보였지만 안으로 들어가자 교실이 무려 다섯 개나 있었다. 마거릿은 자신이 준비해 온 커다란 알파벳 포스터를 칠판에 붙였다.

"그럼 따라 해 볼까? 에이, 애플. 비, 버내너."

교실 뒤편에 서 있던 리디아가 저도 모르게 피식 웃었다. 나란히 서 있던 해리도 같이 웃었다. 승아는 책상 하나를 차지하고 앉아서 같이 따라 했다. 씨, 캣. 디, 닥터. 알파벳이 끝나자 마거릿은 미국에서 준비해 온 공책과 색연필을 나눠 주더니 알파벳과 자기 이름을 쓰라고 시켰다. 아이들은 색연필을 던져 가며 왁자지껄 떠들었다. 종이를 북 찢어서 비행기를 접기도 했다. 마거릿의 얼굴이 점점 뜨거워졌다. 도통 통제가 안 되는군.

"쟤들 파닉스 벌써 다 떼지 않았어?"

해리가 리디아에게 속삭였다.

"영어로 일기도 써요."

옆에서 두 사람의 대화를 엿들은 천수는 가슴이 뜨끔했다. 겨우 초등학교 1학년이 영어로 일기도 쓴대. 교실은 점점 난장판이 되어 가고 있었다. 존은 교실 여기저기를 마구 뛰어다니는 아이들을 잡으러 돌아다녔고 마거릿은 부러진 색연필 때문에 화가 났다. 리디아와 해리는 시치미를 뚝 떼고 자기 자리를 지켰다. 마거릿이 폭발 직전에 놓이자 리디아가 나섰다.

"그럼 오늘 수업은 끝."

아이들이 소리를 지르며 우르르 운동장으로 뛰쳐나갔다. 마거릿은 땀으로 흥건하게 젖은 이마를 닦았다. 역시 봉사는 힘들다.

한편 마거릿 선생님의 활약을 보고 승아는 감격했다. 자신도 뭔가 역할을 보태고 싶었다. 하지만 뭘 할 수 있겠는가. 말도 안 통하는데. 머리나 빗어 주자. 승아는 가방에서 머리빗을 꺼내 들고 나무 그늘 밑에 앉았다. 엉킨 머리를 푸는 데는 한국산 꼬리빗이 최고지. 아이들 머리칼은 워낙 꼬불거리는 데다 먼지와 땀이 한데 뭉친 바람에 머리통에 짝 달라붙어 도통 떨어지지가 않았다. 승아가 한 아이의 머리를 빗어 주자 동그랗게 말려 있던 아이의 머리칼이 우아한 컬로 떨어져 내렸다. 이를 본 다른 여자아이들이 몰려들었다. 깔깔깔. 엔젤스 스쿨 운동장이 웃음소리와 환호로 가득 찼다.

승아의 동네에서는 할머니들이 나무 밑에 자리를 깔고 어린아이들을 앉혀다가 머리를 빗겨 주고 땋아 주면서 시간을 보냈다. 어린아이들의 머리 기름이 앉은 빗은 때가 묻어 금세 꼬질꼬질해졌지만 다음 날이면 다시 깨끗해져서 같은 일을 했다. 다들 그렇게 살았다. 경숙이네 아이도 현아네 아이도 할머니들이 앉혀 놓고 머리를 빗겨 주었다. 막걸리를 처음 배운 곳도 나무 그늘 밑이었으니 지금의 승아를 만든 건 나무 그늘 밑의 할머니들이었다. 그게 아프리카 땅에 와서 빛을 발할 줄이야. 승아는 꼬리빗을 챙겨 온 자신의 혜안에 감탄했다. 이러한 기쁨의 현장에 마거릿이 빠질 수 없었다. 마거릿은 핸드백을 뒤져 리본 핀을 꺼냈다.

"이건 누가 할까?"

여자아이들이 모여들었다. 마거릿은 그중 한 명에게 리본 핀을 꽂아 주었다. 다른 여자아이들이 마거릿의 팔을 붙들고 조르기 시작했다.

"오, 노노. 더 이상은 없어, 쏘리."

마거릿은 핸드백을 풀이 무성한 바닥 한쪽에 치워 놓았다. 승아가 꼬리빗 한 개를 더 꺼내 마거릿에게 주었다. 고승아 헤어 숍에 모여든 어린 고객들은 시끄럽게 떠들고 장난치고 서로 밀치면서 순서를 기다렸다. 마거릿에게 미용 일은 쉽지 않았다. 한번 엉킨 머리칼은 머리빗에 달라붙어 빼내기가 힘들었다. 그렇게 쩔쩔맬 때마다 옆에 있던 승아가 기막히게 알아채고 거들어 주었다. 한국 말로 설명하면서 시범을 보여 줬는데 이상하게도 마거릿은 다 알아들었다. 알려 준 대로 마거릿이 척척 일을 해내자 승아는 엄지를 치켜들었다. 마거릿의 영혼이 밝아져 왔다. 그래, 이런 기쁨이라니. 내가 아프리카 초원에서 아이들의 머리를 빗겨 주고 있다니. 역시 오기를 잘했어. 꼬리빗에 구원받은 마거릿은 경쾌하게 몸을 흔들어 댔다. 뜨거운 한여름의 오후였지만 건조한 바람이 불어와 마거릿의 더운 피부를 식혔다.

머리 빗기기에 심취한 승아와 마거릿이 기쁨에 취해 있는 동안 이제 막 머리칼이 자란 어린아이 하나가 아장아장 걸어 들어왔다. 마을의 꼬맹이였다. 엔젤스 스쿨에 입학할 나이가 되지 못한 아이들은 학교 운동장에서 놀았고, 점심시간이 되면 학생이 아닌 아이들에게도 점심을 줬다. 어린아이를 가진 어머니들은 아이들을 일부러 학교에 보냈다. 점심 한 끼가 어디냐며. 이 또한 엔젤스 스쿨이 아이러브 발룬티어와 계약을 맺은 후 갖게 된 혜택이었다.

이제 막 세 살이 된 꼬맹이는 마거릿의 핸드백에서 아주 신기한 것을 발견했다. 그녀의 가방에는 새하얗고 갸름한 사탕이 여러 개 들어 있었다. 아이는 자신이 발견한 소득을 다른 아이가 채 갈까 싶어 얼른 한 움큼 입에 넣고 삼켰다. 무슨 맛이 이래, 퉤퉤. 아이는 쓴 사탕이 있다는 걸 몰랐으므로 놀라서 캑캑거렸다.

"아가, 왜 그래?"

멀리서 반 아이들과 축구를 하던 리디아가 다가왔다. 오늘도 앙벵야의 손녀가 찾아왔네. 리디아는 아이의 입가에서 새하얀 알갱이를 발견하고는 손가락으로 입술을 열어 보았다.

"이게 뭐니? 뭘 먹었어?"

리디아가 물었다. 아이는 고개를 마구 휘저었다. 놀란 눈빛은 무서운 거다. 아이는 입을 앙 다물었다. 리디아는 주위를 두리번거렸다. 마거릿의 핸드백 말고 아무것도 보이지 않았다.

"사탕 먹은 거야?"

리디아가 다시 한번 물었다. 아이는 연거푸 혀를 내밀고 캑캑
거렸다. 리디아는 아이의 입술에 묻은 하얀 알갱이를 찍어 맛을
보았다. 아무 맛도 없었다. 이게 뭐지?

"패리 여사, 애한테 혹시 뭐 주셨어요?"

"아뇨."

바쁘게 한 소녀의 머리를 빗기던 마거릿은 건성으로 대답했다.
옆에 있던 승아가 그제야 고개를 들었다. 리디아 선생이 작은 아
이를 한 팔에 안고 있었는데 아이는 혓바닥을 내밀고 얼굴을 잔뜩
찌푸리고 있었다. 이런, 뭔가 쓴 걸 먹었나 보네. 약을 잘못 먹으면
저런 표정이 나온다. 어릴 때 할머니 약을 잘못 먹은 적이 한두 번
이 아니었지. 승아는 얼른 일어나 아이에게 갔다.

"얘, 그거 토해야 돼."

리디아가 어리둥절한 표정으로 승아를 바라봤다.

"토하지 않으면 큰일 나."

승아의 한국말을 이해할 리 없는 리디아가 어깨를 으쓱했다.

"오바이트! 오바이트요. 우웩!"

승아가 토하는 시늉을 했다. 리디아가 얼굴을 찡그렸다.

"어휴, 사람 말 되게 못 알아듣네."

승아는 아이의 입속에 불쑥 손가락을 집어넣었다. 아이가 울음
을 터뜨리며 승아의 손가락을 깨물었다.

"아아아아, 아파!"

승아가 소리쳤다.

"오, 아가. 괜찮아, 장난하는 거야."

리디아가 놀란 아이를 얼렀다.

"토해야 해요, 당장."

승아는 소리치며 다시 한번 손가락을 치켜들고 아이에게 달려들었다. 아이는 온몸을 뒤틀고 발버둥 치며 리디아의 품에서 빠져나왔다. 승아가 아이를 향해 달려갔고 리디아가 그 뒤를 쫓았다.

"애를 내버려 둬!"

리디아의 손에 잡힌 승아가 씩씩거렸다.

"나도 어렸을 때 할머니 약 잘못 먹었다가 큰일 날 뻔한 적 있단 말이에요. 배가 뒤틀리고 어지럽고 숨도 못 쉬고. 그때 응급실 못 갔으면 전 죽었어요. 죽었다고요!"

승아가 땅바닥에 철퍼덕 드러눕더니 다리를 마구 흔들다가 혀를 쭉 내밀고 눈을 탁 감으며 죽는 시늉을 했다.

"어머, 얘 미쳤나 봐."

리디아가 고개를 절레절레 흔들었다.

"헤이, 승아! 어때, 내 솜씨?"

나무 그늘에 앉은 마거릿이 승아를 향해 손을 흔들었다. 승아가 바닥에서 몸을 일으키자 핸드백이 눈에 들어왔다. 승아는 달려가 핸드백을 들어 올렸다. 마거릿이 잽싸게 핸드백을 낚아챘다.

"뭐니?"

"약, 이 안에 약 있어요? 약이 영어로 뭐더라? 메디, 메디신?"

승아가 눈을 동그랗게 뜨고 묻자 마거릿이 고개를 저었다.

"노노 메디신! 바이타민."

마거릿은 핸드백을 품에 안으며 말했다.

"뭐래, 비타민?"

승아가 중얼거렸다. 내가 비타민을 먹고 탈이 난 적도 있었던가. 비타민은 괜찮은 건가. 헷갈렸다.

"난 화장실에 좀 가 봐야겠다."

마거릿이 핸드백을 어깨에 메고 일어섰다. 여자아이들이 쪼르르 달려와 승아의 팔에 매달렸다. 약인지 비타민인지를 먹고 달아난 아이는 더 이상 보이지 않았다. 리디아는 다시 축구 경기에 합세했다. 해리와 천수가 끼어서 그런지 오늘따라 경기는 더욱 열기를 띠었다. 천수는 한 번도 축구를 좋아한 적 없었지만 그냥 끼었다. 우르르 저쪽으로 갔다 우르르 이쪽으로 갔다 대충 한 번 다리를 휘둘렀는데 공이 또르르 구르더니 골문으로 향했다. 골인! 함성이 터지고 아이들이 천수의 어깨와 등을 두드리며 지나갔다. 조무래기들치고 꽤 어른스러운 태도였다. 천수는 부끄러웠지만 기분이 좋았다. 한 팀에 스무 명씩 뛰었는데 누가 같은 편이고 다른 편인지 분간도 안 됐다. 그냥 뭉쳐 다니면서 뛰다가 골을 넣으면 다같이 골인을 외쳤고 다시 몰려갔다. 아이들은 긴 다리로 멀리뛰기 선수처럼 우아하게 뛰어다녔고 천수는 짧은 보폭으로 간신히 따라다녔다. 빨리 뛰라고 등을 밀치거나 패스미스라고 지적하는 아이들이 없어서 안심이 됐다.

천수는 나무 그늘 밑에 들어가 좀 누워 있고 싶었지만 운동장에는 나무 한 그루 없었다. 아무도 쉬지 않았으니 어쩔 수 없이 천수도 호흡을 맞추었다. 평소 운동을 좋아하지 않던 터라 발에서부터 열이 나고 심장이 터질 것처럼 뜨거워졌다. 머리가 핑핑 돌고 쓰러질 것 같았지만 계속 뛰었더니 어느 순간 몸이 가벼워졌다. 오른쪽에서 날아온 공을 되는 대로 머리로 받아쳤는데 골인. 와아아, 함성이 터지고 동시에 리디아가 호루라기를 세차게 불었다. 경기는 17 대 23으로 천수네 팀이 이겼다.

빅 비즈니스 우먼 앙뺑야

"웰컴! 마이 게스트."

화려한 전통의상을 차려입은 주인이 두 손을 흔들며 등장했다. 소똥으로 만들어진 집에서 나온 여인치고 꽤 여왕 같은 풍채였다. 그녀는 납작한 은빛 금속을 귓불에 주렁주렁 매달고 주홍과 보라색의 매듭실과 구슬로 목을 여러 겹으로 친친 감았다.

빌리지 체험의 하이라이트는 마사이 부족의 상징이라고 할 수 있는 소똥집, 즉 마냐타에서 자는 일이었다. 언뜻 봐서는 오두막집을 연상케 했지만 마사이 부족의 전통가옥인 마냐타는 흙과 소똥을 발라 만든 집이었다. 여름에는 시원하고 겨울에는 똥이 보온 효과를 주어 꽤 과학적이라 할 수 있는데 관광객들에게 큰 인기를 끌었다. 아이러브 발룬티어의 참가자인 패리 부부와 천수, 승아가 바로 오늘 밤의 게스트였다. 마냐타를 처음 본 존과 마거릿의 입이 떡 벌어졌다.

"여기서 잔다고?"

존이 해리를 못마땅한 눈으로 쳐다봤다.

"클린, 베리 클린."

앙벵야 여사가 마거릿의 어깨를 툭툭 치면서 안심시켰다.

"일단 차이부터 한잔하시죠."

해리가 일행을 마냐타 안으로 이끌었다. 굴처럼 생긴 입구는 높이가 낮아서 존은 기다시피 들어갔는데 방 안은 너무 캄캄했다. 천수는 눈앞으로 손을 휘휘 저어 봤다. 손도 보이지 않았다.

"어둠에 익숙해지려면 시간이 조금 걸려."

해리가 말했다. 과연 하나의 검정이었던 방이 어렴풋이 모습을 드러냈다. 앙벵야가 초를 켜고 차이를 만들기 시작했다. 해리가 초를 하나 더 켰더니 앙벵야의 얼굴에 빛이 드리워졌다. 밖에서 봤을 때 앙벵야의 검은 피부는 탄탄했고 걸음걸이는 힘찼지만, 감추어진 주름살이 드러나자 모두 퀴즈 대회에 참가한 사람들처럼 저마다 앙벵야의 나이를 추측하기 시작했다. 앙벵야는 노래를 시작했다.

"도무지 모르겠네. 몇 살이야, 저 양반?"

존이 해리에게 물었다.

"마흔여덟이요."

"허, 근데 머리는 다 빠지고. 쯧쯧, 아프리카 사람들이 평균수명이 짧다는 얘기는 들었지만 이렇게까지 빨리 늙을 줄 몰랐어."

존이 중얼거리며 카메라에 달린 플래시를 터뜨렸다. 사진 속의 앙벵야는 과다 노출로 허옇게 뜬 얼굴, 카메라를 노려보는 매서운 눈으로 정지됐다. 현실 속 앙벵야는 쉴 새 없이 떠들며 물을 끓이고 찻잎을 넣고 염소젖을 붓고 설탕을 넣고 바가지 안에 든 물로 작은 잔 다섯 개를 헹구어서 차례로 그 안에 차를 따랐다. 존과 마거릿은 마지못해 먹는 척하며 입술만 갖다 댔고 승아는 즐거이 받아 마셨다. 걸쭉하고 달달한 게 맛이 괜찮았다. 캄캄한 소똥집은 쾌쾌하고도 시큼한 냄새, 끓인 염소 젖내를 풍기는 것이 마치 원시사회 속으로 들어온 듯한 착각을 일으켰다. 이런 게 바로 아프리카 현지 체험의 묘미인가. 존은 긍정적인 마인드를 갖고자 했으나 잘되지 않는 탓에 이리저리 몸을 뒤척이다 천장에 머리를 쿵 부딪쳤다.

"이런 젠장할!"

그가 욕을 실감나게 내뱉자 앙벵야가 킬킬거렸다. 앙벵야는 언어에 천부적 소질은 없었지만 욕은 귀신같이 알아들었다. 욕은 언어보다 뉘앙스의 영역이 아닌가. 쯧쯧, 저런 부류는 여름 시즌에만 열 명도 넘게 왔다 가고는 했다. 일부러 고생을 자처하고 와서 신나게 불평불만을 늘어놓다 제 나라로 돌아간다. 가서 몇 주 정도는 감사한 마음으로 살 것이다. 그러니 마냐타 체험이 쓸모는 있지, 안 그래? 앙벵야는 기꺼운 마음으로 화덕에 불을 붙였다. 바닥에서부터 연기가 올라오기 시작했다. 방 한 칸에서 모든 게 해결되는 중이었다. 승아는 배가 고픈 참이어서 진득하니 기다렸다. 앙벵야의 노래가 끝나자 승아가 바통을 이어받아 트로트를 불러 젖혔고 마거릿이 어깨를 들썩이며 손뼉을 쳤다. 분위기는 점점 고조됐다. 다큐멘터리의 한 장면 같았다.

천수는 그제야 자신이 머나먼 이국땅에 와 있으며, 지금 이 시간 한국 땅에서 다른 친구들은 학원에 처박혀 있을 거라는 사실을 떠올렸다. 갑자기 짜릿한 전율이 느껴졌다. 전통의상을 입은 마사이 여인과 코를 찔찔 흘리는 아프리카 아이들, 미국인 자원봉사자들까지 모두 한방에 모여 있다. 머릿속에 '우리는 지구촌 친구들'이라는 문구가 떠오르며 가슴이 벅차올랐다. 기왕이면 배 나온 중년 부부 대신 또래 친구들이었으면 더욱 봐 줄 만했겠다. 그래도 모든 게 이색적인 경험이 아닌가. 천수는 무엇보다 존의 계속되는 푸념에도 주눅 들지 않는 앙벵야가 마음에 쏙 들었다.

앙벵야로 말할 것 같으면 키가 크고 기골이 장대했으며 목소리는 걸걸했다. 매일 아침 10리터짜리 물동이를 양어깨에 메고 우물을 두 번씩 다녀왔고, 소 스무 마리와 염소 열다섯 마리, 닭 서른 마리 그리고 직업 없이 놀고 있는 남편과 시동생 가족의 아이 여섯까지 거뜬히 부양하는 통 큰 여성이었다. 안 그래도 동네에서 평판이 좋은 앙벵야가 이 동네의 큰손이 된 것은 해리의 공로

가 컸다. 앙벵야와 남편이 시집에서 독립하면서 직접 지은 마냐타가 지리적 요충지에 있는 덕분이었다. 앙벵야는 아이러브 발룬티어를 찾는 서양인들에게 민박을 제공하고 돈을 벌었다. 그쪽 사람들은 자신들의 편리한 생활에 주기적으로 염증을 느낀다고 하면서 아프리카를 찾았는데, 이곳에 와서 물도 떠다 주고 염소도 대신 치며 여러 가지 자잘한 일들을 거들다가 2~3일이 지나면 떠났다. 그렇게 앙벵야는 자기 집에서 한 발짝도 더 나가는 수고 없이 저절로 앉아서 돈을 벌었다.

아프리칸 홈스테이, 로컬 캠프, 발룬티어 베케이션이 앙벵야가 좋아하는 영어 단어들이었다. 더욱 기막히게 좋은 것은 자원봉사자들이 지어 준 마냐타로 이듬해 또 다른 여행객들을 상대로 돈을 벌 수 있다는 거였다. 앙벵야는 해리의 영어 실력과 인터넷 운용 능력을 빌려 홈스테이로 비즈니스를 확장했다. 매년 여름이 되면 여행객들은 앙벵야의 개인 사이트에 접속해 서로 마냐타에서 자겠다고 경합을 벌였다. 앙벵야는 그야말로 빅 비즈니스 우먼, 즉 마을의 큰손이었다.

처음부터 앙벵야가 사업 수완이 있었던 것은 아니었다. 작고 빼빼한 동양인 청년이 처음 마을에 왔을 때 앙벵야는 아이 둘을 키우는 젊은 새댁이었다. 그녀는 이방인이 손수 시멘트를 짓이기고 이상한 몰골의 집을 짓는 걸 몰래 지켜보았다. 청년이 동네 사람들을 모아 놓고 말씀을 설파했을 때, 그들은 그가 자신들을 개종

시키기 위해 머나먼 한국에서 왔다는 사실을 알게 됐다. 코레아? 부족민들은 고개를 갸우뚱했다.

그가 말뚝을 박고 교회를 완성하자 부족 여자들은 앞다투어 개종을 시작했다. 개종이랄 것도 없었다. 마사이 부족은 여러 다양한 신을 섬겼으므로 신들 중 또 하나가 포함된 것뿐이었다. 청년은 안 그래도 흉한 건물에 십자가를 탕탕 박았다. 듣기로는 아주 옛날 십자가에 수십만 명의 사람들을 못 박아 죽였다고 하던데 그 부정 탄 것을 왜 매달아 놓았는지 알 수 없었다. 그렇지만 앙벵야는 예수 말고 해리를 흠모하였으므로 그가 시키는 대로 십자가를 집 안에 들이고 열심히 교회에 나갔다.

앙벵야와 부족 여자들이 가장 좋아하는 시간은 찬양 시간이었다. 청년이 전자오르간을 두들기면 마사이 여자들은 우르르 설교를 위한 단상 위로 올라가 엉덩이를 흔들며 춤을 추었다. 타고난 춤꾼들에게 이만한 무대도 없었다. 국립공원에서 멍때리는 숫사자보다 더 게으르고 하는 일 없는 마사이 남자들을 부양하느라 기력을 다 써 버린 젊은 여자들에게 신흥 종교는 활력을 되찾아 주었다. 그녀들은 매주 일요일을 손꼽아 기다렸다. 일요일이 되면 좋은 옷을 꺼내 입고 마음껏 치장하고 열렬히 노래하며 춤을 추었다. 순수한 믿음의 시대였다.

그러다 새 시대가 도래했다. 교회 옆에 더 큰 건물이 지어지기 시작한 것이다. 두 번째 건물은 회색빛 시멘트를 덕지덕지 발라 더욱 흉측했으며 숲과 자연의 비율에 맞지 않았다. 그럼에도 순수한 신앙의 힘으로 여자들과 그녀들의 아들딸들, 심지어는 그늘에 앉아 콧구멍만 쑤시던 마사이 남자들까지 나서서 도왔다. 그렇게 학교가 지어졌다.

앙벵야는 자신의 첫 아이가 처음 학교에 가던 날을 잊을 수 없다. 첫 자식은 누구에게나 그렇겠지만 앙벵야에게는 더욱 특별했다. 동그란 머리통과 유난히 새하얀 치아를 가진 아들은 부드럽고 순한 심성을 타고났다. 매일 아침 함께 한 시간이 넘는 길을 걸어 우물에서 물을 길어 왔고, 장정도 휘청거릴 만큼의 나무를 해 왔다. 뜨거운 태양이 여인들의 인내심을 고갈시킬 때 아들은 탁타탁 파리를 쫓는 장단에 맞추어 우스꽝스러운 춤을 췄다. 이 아이는 신이 내게 허락한 유일한 기쁨이야. 아들이 자라날수록 앙벵야의 신앙심은 두터워졌다.

아이는 처음에는 학교에 가지 않으려고 했다.

"제가 집에 없으면 물은 누가 긷고 염소는 누가 치고 닭 모이는 누가 줘요?"

앙벵야는 아들에게 처음으로 고함을 질렀다. 아이는 어머니가 그날처럼 무서웠던 적이 없었다. 앙벵야는 아이에게 가장 말끔한 옷을 입혀 학교로 쫓았다. 앙벵야에게 그때처럼 하루가 긴 적도 없었다. 아이는 해가 뉘엿뉘엿 질 무렵에야 그림자처럼 조용히 걸어 들어왔다. 아들의 입가에 앙벵야가 한 번도 보지 못했던 웃음이 커다랗게 걸려 있었다. 주여. 앙벵야는 새로 영입된 신께 처음으로 감사를 드렸다.

그날부터 아들의 이름은 피터가 됐다. 나이로비에서 대학을 나온 여선생 리디아는 모든 학생에게 영어식 이름을 지어 주었다. 길고 둔탁한 발음의 마사이 이름은 샘, 데이비드, 해리, 줄리아, 케이트 등 짧고 발음하기 쉬운 이름으로 바뀌었다. 앙벵야는 아들의 영어 이름이 썩 맘에 들었다. 피터는 알파벳과 산수를 공부했다. '청담어학원'이라고 적힌 작은 가방과 '학성 FC'라고 적힌 축구용 반바지, 짝짝이 양말이나 낡은 운동화 같은 것도 받아 오기 시작했다. 한국의 후원자들이 보낸 것이었다. 그때는 처음 그녀들이 품었던 '작고 비쩍 마른 코레안이 무엇을 할 수 있겠는가'라는 의심이 감쪽같이 사라져 있었다. 앙벵야는 피터의 공책에 깨알같이 적힌 알 수 없는 글자와 아들의 꼬부랑거리는 필기체를 볼 때마다 온몸이 두둥실 떠오르는 것 같았다. 난생처음 맛본 이 환상적인 기쁨은 며칠이 지나도 앙벵야를 땅에 내려놓지 않았다. 나중에 알게 되었는데 그것은 희망이라는 것이었다. 앙벵야의 인생에 희망은 오래 떠 있지 못했다. 대신 돈벌이가 그녀의 삶에 들어왔다.

앙벵야는 마거릿과 존 같은 서양인들을 수도 없이 겪어 봤기에 어떻게 대처해야 하는지 도가 텄다. 그보다 해리가 한국인들을 데려오다니 무슨 일이래. 그쪽과는 담을 쌓고 사는 줄 알았더니. 앙벵야는 천수가 혹시 해리의 아들은 아닐까 생각했다. 청년 시절의 해리와 닮았다. 앙벵야는 옥수수로 만든 우갈리를 가득 퍼서 천수에게 내밀었다. 천수는 숟가락을 들고 뻑뻑한 우갈리를 잘도 퍼먹었다. 저 아이가 만약 해리와 관련이 있다면 해리도 이제는 달라질까. 앙벵야는 주걱을 쥔 손에 힘을 주었다.

"한 그릇 더 주세요."

말은 천수가 했고 그릇은 승아가 내밀었다. 귀여운 아이들이었다. 그나저나 저 중년 커플은 언제까지 싸울 텐가.

"나더러 여기서 가축이랑 같이 자라고? 무슨 해괴한 짓이야? 난절대 못 해."

존이 소리쳤다.

"여보, 그냥 딱 오늘 하룻밤인데 뭐? 언제 우리가 이런 데서 자본다고. 난 너무 좋은데."

마거릿이 바닥에 침낭을 깔고 여기 누워 보라는 시늉을 했다. 그 대목에서 존이 폭발했다. 자신은 캠핑도 싫어한다. 짐승과 벌레는 더더욱 싫으며 여기서 자느니 당장 짐을 싸서 집으로 돌아가겠노라고 했다. 두 사람의 끝없는 말다툼에 넌더리가 난 해리가 자리를 박차고 나가 버렸다. 거기까지는 좋았는데 너무 열이 받친나머지 천수와 승아가 있다는 걸 완전히 잊고 지껄였다.

"아, 씨발. 미국 양반들 때문에 아주 미쳐 버리겠네."

그 친숙한 단어를 알아들은 승아가 우갈리를 먹던 숟가락으로 천수의 이마를 탁 쳤다.

"것 봐, 들었지? 저 아저씨 한국인 맞잖아. 내 그럴 줄 알았지."

승아는 신이 나서 해리를 쫓아 나갔다. 지이즈즈즈즈즉. 손님들이 나가고 남은 자리에 이상한 소리가 나기 시작했다. 처음에 앙뼁야는 주걱이 솥 바닥을 긁는 소리라고 생각했다. 주걱질을 멈췄는데도 소리는 계속 났다. 씨씨씨시즈즈즈지지직. 쇳조각이 서로 부딪치는 것 같기도 하고, 하이에나 울음소리 같기도 했다. 앙뼁야는 어둠 속에서 소리의 근원을 찾아 두리번거렸다. 그러다 천수를 보았다. 순하게 생긴 그 얼굴이 흉측하게 일그러지고 있었다. 소리가 천수의 입에서 나오고 있다는 걸 알아채는 데는 시간이 좀 걸렸다. 이이이이익. 세상에, 그 괴성이라니. 조였던 근육들이 풀어지자 표정이 사라지고 언어가 사라졌다. 멀리서 진짜 하이에나가 우는 소리가 들렸고 마당에서 싸우는 두 가지 언어가 들렸으며 아주 가까이에서 내장과 피와 찌꺼기가 벌컥벌컥 쏟아져 나오는 소리가 들렸다. 천수는 곧이어 바닥에 쓰러졌다.

이후로도 그날 밤을 생각하면 앙뼁야는 가슴에서 달칵달칵 소리가 들렸다. 별의별 사람들을 다 고객으로 모셔 봤건만 그날 밤에 모인 팀만큼 이상한 조합도 없었으니 사람들이 잘못 모이면 반드시 사고가 터지기 마련이었다.

캔디맨은 도시 전설의 계보를 잇는다

저녁 8시가 되자 캔디맨에는 빈자리 없이 사람들이 꽉 들어찼다. 테이블을 잡지 못한 사람들은 어정쩡하게 벽 쪽에 기대어 몸을 흔들었고, 바에 비스듬히 매달린 사람들은 자기 주문 차례가 오기를 기다렸다. 캔디맨의 요란한 음악과 괴상한 인테리어에 대한 리뷰가 SNS에서 화제가 되면서 전형적인 동네 술집에 질린 리스 서밋의 젊은이들이 몰려들었다.

"알리스, 자넨 진짜 천재야."

오늘도 싱글벙글한 얼굴을 한 사장이 말했다.

"소식 들었지? 리부트 〈캔디맨〉이 드디어 개봉한다지 않나. 여기서 프리미어 상영이라도 해야 하는 거 아닐까? 하하."

사장은 젊은 감독 조던 필이 〈캔디맨〉의 리부트에 참여했을 즈음 자신도 알리스를 만났으며 그때부터 모든 캔디맨들의 운명이 바뀐 거라고 했다.

처음에 캔디맨이 문을 열었을 때만 해도 리스 서밋의 젊은이들은 이런 곳이 있는 줄도 몰랐다. 알리스는 오래전에 망한 영화 〈캔디맨〉을 기억했으므로 관심이 갔다. 캔디맨은 공포영화의 살인마 캐릭터였다. 형편없는 속편이 나오는 바람에 마구 썰고 피 흘리는 슬래셔 영화로 여겨졌지만 그래도 1편은 괜찮았다. 영화음악을 필립 글래스가 맡았으니 말 다 했지. 알리스는 필립 글래스의 장중하고 기이한 피아노 연주를 기대하며 캔디맨의 문을 열었다. 어쩌면 대학교 때처럼 영화를 좋아하는 사람들이 술집에 모여 있지는 않을까. 그런데 웬걸. 분위기가 너무 구식이었다. 어두운 구석 자리에 숨어들어 온몸을 더듬고 있는 커플만 빼면 아예 손님이 없었다. 피아노 연주 대신 라디오에서 틀어 주는 오래된 팝송이 흘러나왔다. 사장은 어쩌자고 이름과 따로 노는 바를 오픈한 걸까. 그래도 알리스는 캔디맨에 자주 갔다. 손님이 없는 덕분에 사장의 허락을 얻어서 원하는 음악을 값비싼 스피커로 실컷 들었다. 마침 캔디맨에 들어온 손님들은 알리스의 음악에 귀를 기울였고 한 잔만 하고 가는 게 아니라 두 잔 세 잔까지 마시며 오래 놀다 갔다. 그걸 사장이 놓칠 리 없었다.

"이봐, 자네 음악 좀 아는 거 같은데 여기서 일해 볼 생각 없나?"

그날은 마침 맥도날드에서 해고된 날이었으므로 알리스는 생각하고 말 것도 없었다. 알리스는 처음에는 디제이로 일하다가 실내 인테리어에 손을 대기 시작했고 나중에는 메뉴를 모조리 바꾸었다. 인근 양조장에서 가져온 페일에일을 시험 삼아 팔았다. 그게 인기를 끌자 양조장과 협업해서 자몽 맛을 더한 인디아 페일에일과 쌉쌀한 맥아 맛의 골든에일을 선보였고 오직 캔디맨에서만 먹을 수 있는 칵테일도 개발했다. 알리스의 의도대로 바가 바뀌면서 손님들이 몰리기 시작했다. 최근에는 룩스 잡지에서도 취재를 왔다. 사장은 최고급 양복을 빼입고 인터뷰를 했는데(꼭 5성급 호텔 지배인처럼 보였다) 자신은 리스 서밋을 대표하는 바를 운영하겠다는 꿈이 있었다고 했다. 뒷배경으로 서 있던 1등 바텐더 알리스는 사장의 말을 듣고 혼자서 키득거렸다.

골칫거리들도 오기는 왔다. 화장을 하고 옷을 차려입고서 거들 먹거리고 들어오는 10대 아이들은 그런 탓에 더 어리게 보였는데도 본인들은 몰랐다. 리스 서밋은 작은 동네였으므로 알리스는 대충만 봐도 누구인지 알아봤다. 몇 달 전만 해도 맥도날드에서 뻔히 보던 얼굴들이었으니까. 다른 어른은 대충 넘어갔지만 알리스는 어림없었다. 아이들은 나가면서 하나같이 알리스를 탓했다.

"아씨, 하필 왜 알리스가 여기 있어?"

오늘 같은 금요일이면 알리스는 더욱 삼엄하게 눈을 치켜뜨고 일을 했다. 마침 기말고사가 끝난 참이었고 아이들이 거의 무대 분장을 하고 캔디맨에 들어올 게 뻔했다. 아무리 꾸며 대도 알리스는 못 속였는데 그래도 아이들은 계속 시도했고 계속 쫓겨났다. 9시가 넘어가자 바의 열기가 더해지면서 분위기가 고조됐다. 바닥이 쿵쿵거렸고 몸뚱이들이 서로 밀치고 밀쳐지면서 이리저리 흔들렸다. 그때 알리스의 눈에 그 아이가 들어왔다.

아이는 키가 크고 호리호리했다. 곱슬거리는 머리칼은 얼굴의 반을 가리고 있어서 나머지 반이 아이의 나이를 짐작케 했다. 척 봐도 이 동네 아이는 아니었는데 친척 집에 왔다가 캔디맨의 명성을 듣고 찾아왔겠지만 아무리 멀리서 왔대도 알리스에게 아닌 건 아니었다.

"못 보던 얼굴이네? 신분증 좀."

"어머! 알리스?"

아이 옆에 서 있는 여자가 큰 소리로 말을 가로챘다.

"패리 여사?"

"와우. 우리 아줌마, 바텐더도 다 알아?"

아이가 끼어들었다.

"이 애랑 같이 오셨어요?"

알리스가 묻자 마거릿이 고개를 마구 끄덕이며 말했다.

"얘는 라몬 타사피. 라몬, 여긴 알리스 백이라고. 그런데 세상에 알리스, 여기 있으니까 완전 못 알아보겠네. 직장은 언제 바꿨어요? 어쩐지 맥도날드에 안 보이더라."

"여기서 패리 여사를 만날 줄은 몰랐네요. 그것도 나이 어린 아이랑.”

“왜, 지난번에 나보고 일탈이 필요하다면서 캔디맨을 소개해 주지 않았우? 그래서 내가…….”

“죄송합니다만 부인, 아이를 데리고 나가 주셔야겠어요. 이 애는.”

알리스가 잽싸게 마거릿의 말을 가로채고 고개를 돌렸다. 아이는 그새 어디로 갔는지 보이지 않았다.

“우아, 리스 서밋 사람들이 다 여기로 왔나 보네. 인기가 대단해. 나도 뭐 한 잔 만들어 줘요, 알리스.”

마거릿 패리가 바 의자에 엉덩이를 내리면서 말했다.

“아니, 그게 아니라, 부인.”

주위가 너무 시끄러웠다.

“부인은 무슨. 그냥 마거릿이라고 불러요, 마거릿!”

바가 너무 시끌벅적한 탓에 마거릿이 큰 소리로 외쳤다.

“마거릿, 같이 온 아이는요? 누구예요? 아직 열일곱도 안 된 것 같던데.”

알리스가 몸을 숙이고 큰 소리로 외쳤다.

“아이고, 아니야. 2주 전에 열여덟이 됐대요. 그렇다니까. 여기 있는 거 아무 문제 안 돼. 키를 봐요, 엄청 크지!”

“잘 아는 애가 아닌가 봐요?”

알리스가 마거릿에게 맥주 한 잔을 내주면서 말했다.

“잘 알다마다. 우리 집에 들어온 지 열흘 됐으니까. 그리고요.”

마거릿이 잠깐 말을 멈추고 맥주잔을 들어 주욱 들이켰다.

"와, 끝내주게 시원하네. 한 잔 더 줘 봐요. 알리스, 내가 어디까지 얘기했더라? 그래요, 라몬은 곧 우리 애가 될 거야."

"네?"

알리스가 이마를 찡그리고 물었다.

"라몬 타사피는 내가 데려온 아이라우. 캔자스시티에 갔다가 우연히 길에서 만났는데 구걸을 하고 있더라고. 사정이 무척 안돼서 집에 데려왔어. 저렇게 맑은 얼굴을 하고 다니지만 그건 다 라몬이 너무 착해서야."

마거릿은 다시 맥주를 길게 들이켰다.

"라몬은 나랑 굉장히 잘 맞아. 오늘 아침에 존이 성질을 내면서 나갔지, 뭐유. 라몬 타사피를 당장 경찰에 데려가서 신고하라고 말이야. 정신 나간 사람 같으니! 그럼 어떻게 되겠어. 당장 삼촌이란 작자가 나타나서 애를 데려가서 아주 반쯤 죽여 놓을걸? 생각이 그렇게 짧다니깐. 그이가 성질을 버럭 내고 출근한 바람에 내가 기운이 빠졌었지. 그 애가 와서 이러는 거야. 마마는 아저씨한테 완전 기가 죽어서 살고 있어. 너무 봉건적이라고. 마마한테는 일탈이 필요해. 기분 전환도 할 겸 오늘 캔디맨에 가 보는 건 어때? 벌써 두 번째야. 남자들이 나더러 아, 노노 쏘리 당신은 여자랬지. 아니, 근데 왜 여자가 된 거유? 왜 멀쩡한 몸을 막 바꾸고 그래? 응, 알리스? 그것도 망할 일탈인가? 그래, 좋다. 일탈을 위하여!"

마거릿이 알리스를 향해 맥주잔을 치켜들었는데 거품이 밖으로 질질 흘러내렸다.

"근데 앤 어디로 간 거야?"

그제야 마거릿이 주위를 두리번거리면서 라몬을 찾는 시늉을 했다.

"뭐, 어디 가서 또래 아이들이랑 어울리나 보네. 잘됐지, 뭐야. 애가 좀 외로워 보였어. 웃을 땐 또 얼마나 예쁜지. 보호본능이 절로 생긴다니까. 사랑스러운 애야."

"저기요, 마거릿. 번번이 제가 딴지를 거는 것 같은데요. 이 말씀을 꼭 드려야겠어요. 듣고 계세요?"

알리스가 목소리를 높였다. 마거릿의 눈동자는 벌써 흐릿했고 바 테이블에 모인 사람들이 저마다 자기 주문을 외치는 통에 말이 잘 안 들렸다.

"마거릿, 곤란해지기 전에 어서 그 앨 찾으세요. 네? 제가 신분증을 보여 달라고 하니까 사라졌다고요. 뭔가 숨기는 게 있어요. 알아들어요?"

알리스가 소리쳤고 마거릿은 킬킬거리며 맥주잔을 쳐들었다.

"한 잔 더!"

그때 뒤에서 아이가 나타나서 마거릿의 어깨에 다정하게 손을 얹었다.

"왔구나, 우리 아기."

"아이고. 우리 아줌마 벌써 취했네."

라몬이 마거릿을 밀어내며 말했다.

"얘, 난 화장실 좀 다녀와야겠다. 알리스랑 얘기 좀 하고 있어."

마거릿이 자리를 뜨자 라몬은 다리를 까딱거리며 바에 진열된 술을 구경하기 시작했다. 반대편에 선 알리스는 라몬을 구경했다. 잘생긴 얼굴에 싹싹하게 굴긴 하는데.

"뭘 그렇게 뚫어지게 쳐다봐? 맥주나 한 잔 줘요!"

느닷없이 라몬이 명령조로 말했고 "신분증 먼저!" 알리스가 팔짱을 끼고 뒤로 물러났다. 아이가 긴 곱슬머리를 옆으로 넘기자 그제야 작고 곱상한 얼굴이 드러났다. 라몬은 머리칼 사이로 웃고 있었는데 입가에 머금은 미소는 마거릿의 표현처럼 보호본능과 사랑이 느껴지는 않았다. 대신 상대방을 깔보고 짓밟고 싶어 죽겠다는 표정으로 읽혔다.

"내 눈은 못 속여. 집에 돌아가라."

"맥주나 내놔요. 혹시 이거 작업이야? 나랑 놀고 싶어요?"

"까불지 마. 너만 한 아들이 있어."

"오, 그래? 그 몸으로 직접 낳았어?"

라몬이 비아냥거렸다. 이걸 보고도 마거릿이 보호본능과 사랑을 느낄지 알리스는 궁금해졌다.

"내 눈도 못 속여, 아저씨."

라몬이 한쪽 눈을 찡긋거렸다. 마침 화장실에서 돌아온 마거릿이 자리에 앉자 라몬이 마거릿의 귀에 대고 귓속말을 속삭였다. 알리스는 당장에 아이의 멱살을 잡고 밖으로 패대기치고 싶은 심정이었는데 갑자기 귀가 후끈 뜨거워지더니 이상한 소리가 들렸다.

"경찰이다!"

후다닥 사람들이 밖으로 쫓아 나갔고 맥주병 깨지는 소리가 들렸다. 제복을 입은 사람들이 탁탁탁탁 마거릿과 라몬이 앉은 쪽을 향해 다가오고 있었다. 망했군. 경찰 한 명이 마거릿의 어깨를 흔들었다. 그가 얼떨떨한 표정의 마거릿을 자리에서 일으켜 세우는 동안 나머지 경찰들이 라몬을 에워쌌다.

"패리 부인, 잠깐 저희와 가셔야겠습니다."

마거릿은 덜컹거리는 머리를 한쪽으로 기울인 채 방금 나타난 사람을 올려다봤다. 처음에는 누군지 몰라봤다. 속이 울렁거리고 어지러웠다.

"어머, 서장님! 여기 한잔하러 오셨어요? 분위기 끝내주죠?"

브라운 서장이라면 잘 알았다. 그의 부인이 자궁경부암에 걸렸을 때 마거릿이 자궁경부암 예방 캠페인과 모금을 열었다. 이를 계기로 리스 서밋의 나이 든 부인들이 이제는 늙어서 쓸모없어진 자궁이 인생 후기에 접어든 자기들 몸에 어떤 짓을 할 수 있는지 각성하게 되었으며 마거릿은 선한 시민 표창장을 받았다. 무뚝뚝하기로 유명했던 브라운 서장은 부인 일을 겪으면서 이웃들과 친해졌고 추수감사절에는 직접 농장에서 칠면조를 사다가 이웃에

배달하기도 했다. 그런 그가 지금 마거릿의 팔을 우악스럽게 잡고
바에서 끌어내고 있었다. 가만. 마거릿은 정신을 집중했다.

"아니, 서장님. 나한테 왜 이러는 거예요?"

"패리 부인, 여기서 큰 소리 내고 싶지 않습니다. 조용히 따라오
십시오. 보는 눈이 많아요. 저를 곤란하게 만들지 마시고요. 강제로
수갑을 채우거나 그러지 않게 도와주십시오."

브라운 서장은 고개를 낮추고 말소리가 커지지 않게 조심했다.
그런 조심성 있는 행동이 마거릿을 더욱 자극했다.

"강제로 뭐? 수갑?"

마거릿이 그가 잡은 팔을 허공에 대고 휘저으며 보란 듯이 소리
쳤다.

"술집에서 술 한잔한 게 뭐 어쨌다고?"

브라운 서장의 얼굴이 점점 붉게 변하고 있었다. 그가 뻣뻣해진
표정으로 손가락을 치켜들었다. 그 태도를 옆에서 지켜보던 부하
직원들은 곧 상황이 험악해질 거라는 것을 직감했는데 그걸 알 턱
이 없는 마거릿은 계속해서 사람들에게 민주 경찰이 어쩌고 하면
서 지껄였다. 바에 있는 손님들의 반 이상이 경찰의 출동에 캔디
맨을 빠져나간 상태였다. 그제야 마거릿의 눈에 이색적인 장면이
들어왔는데, 라몬이 경찰들에 둘러싸여 바를 나가고 있었다. 라몬
이 뭘 잘못했는데? 왜 애를 잡아가고 난리야? 마거릿은 느려진 두
뇌를 제대로 돌려 보려고 애썼다.

"저 애를 왜 잡아가요? 쟤가 뭘 어쨌다고?"

홍분한 마거릿이 브라운 서장에게 달려들었는데 도중에 다른 경찰이 막았다. 마거릿이 몸부림을 치자 브라운 서장의 신호를 받은 그가 마거릿의 손목에 수갑을 채우며 말했다.

"마거릿 패리, 당신을 라몬 타사피 유괴 혐의로 긴급 체포하겠습니다."

그 뒤에도 경찰은 뭐라고 계속 중얼거렸는데 마거릿은 한 단어도 알아듣지 못했다. 라몬이 멀어지고 있었다. 경찰이 아이를 데려가고 있었다.

"라몬!"

마거릿이 소리쳤다. 라몬은 뒤도 돌아보지 않고 곱슬머리를 찰랑거리면서 경찰의 호위를 받으며 멀어졌다.

"라몬! 인사는 하고 가야지."

마거릿이 라몬을 향해 달려가자 경찰이 마거릿을 붙들었다.

"가시죠, 걸으세요. 억지로 끌고 가게 하지 마시라고요, 제발."

경찰이 흔들거리는 마거릿을 똑바로 서게 했다. 안 그랬으면 마거릿은 그 자리에서 무너져 내렸을 것이다. 라몬이 아까 뭐라 그랬더라. 마마라고 그랬다. 마거릿의 눈에 눈물이 가득 차올랐다.

"당신들 모두 큰일 난 줄 알아. 저 애는 자기 삼촌한테서 간신히 도망쳐 나왔어. 내가 숨겨 주지 않았더라면 맞아 죽었을지도 몰라. 당신네 경찰은 늘 가족 편에 서지만 그게 그렇지가 않아요. 아이를 집으로 되돌려 보냈다가 죽은 경우도 있어, 알아?"

마거릿이 수갑 찬 주먹을 허공에 마구 휘두르며 말했다.

"부인, 부모가 아이를 애타게 찾고 있어요."

경찰이 낮은 목소리로 말했다.

"하! 저 앤 부모가 없어. 술주정뱅이 삼촌이랑 살고 있다고."

"보세요. 로라 타사피와 제임스 타사피가 저 애의 부모고요, 멀쩡히 살아 있어요."

경찰은 마거릿에게 라몬 타사피와 부모가 함께 찍은 사진을 보여 주었다.

"캔자스시티 쪽에서는 무려 한 달째 저 애를 찾으려고 난리도 아니었다고요. 그런데 이쪽에서 발견된 거죠. 그것도 부인과 함께요. 젠장, 애가 몇 살인지나 아세요? 고작 열여섯이에요. 큰일 난 건 부인이에요."

마거릿은 머리가 물렁해지는 것을 느꼈다.

"가서 얘기합시다, 마거릿. 가서 얘기하자고요."

브라운 서장이 눈치를 주자 경찰 둘이 마거릿을 호위했다.

"영업들 하라고!"

브라운 서장이 경찰 배지를 주머니에 넣었다.

"누군지 몰라도 참 잘했어. 그럼, 그래야지. 청소년 유괴, 청소년 성매매. 그 골칫거리 하나를 해결해 줘서 아주 고맙군그래. 굿 잡!"

그가 바에 앉은 손님들 곁을 지나치며 엄지를 치켜세웠다. 그

엄지가 가운뎃손가락 대신이라는 걸 알리스는 잘 알아들었다. 이 신고는 결국 해프닝으로 끝날 것이 뻔했고 손해는 모조리 캔디맨이 떠안을 것이다. 내일이면 온갖 매체에서 캔디맨에 대해 떠들어대겠지. 청소년들에게 술을 팔고 성매매를 조장했다. 그 낙인으로 한동안 단골손님들은 발을 끊을 것이고, 알리스는 새로이 캔디맨을 찾아오는 이상 성욕자들을 내쫓느라 곤욕을 치르게 될 것이다. 그보다 더 걱정은 마거릿이었다. 알리스는 라몬을 보자마자 내쫓지 않은 자신을 탓했다.

브라운 서장은 후회막심이었다. 신고를 받았을 때 좀 더 신중했어야 했다. 일단 대원 몇 명만 보내고 상황을 살펴야 했다. 하긴 캔자스시티 경찰이 찾으려고 혈안이 된 라몬 타사피가 아닌가. 연일 방송에 나오고 있는 아이였다. 좋은 건수였다. 브라운 서장은 이번 급습에 기대치가 있었다. 그의 머릿속에는 어떤 검은 조직이 들어 있었는데 그 조직은 집 나온 청소년을 유괴한 다음 성매매 도구로 활용한다. 라몬 타사피는 그 가련한 희생자이며 오늘 밤 브라운 서장이 잡아들일 대상은 거대 카르텔로서……. 여기가 무슨 멕시코도 아닌데 너무 심했나. 어쨌든 캔디맨은 악의와 탐욕으로 가득한 범죄의 현장이어야 했는데. 와서 보니 시끄러운 음악 빼고는 건전한 데다 카르텔 대신 마거릿이 아이를 데리고 앉아 있는 게 아닌가.

세상에, 마거릿 패리? 브라운 서장은 실망도 실망이지만 짜증이 치밀었다. 도대체 몇 번째지? 존 패리도 이제는 지겨워져서 브라운 서장에게 연락하지 않은 게 틀림없었다. 아이가 커 보이는 것도 한몫했을 것이었다. 라몬이 자기는 미성년자가 아니라고 우겼을 게 뻔했다. 마거릿은 격년 주기로 조증이 도졌는데 마음의 그래프가 위로 올라가면 꼭 일을 냈다. 그때마다 초조한 건 되레 지역 경찰서와 남편 존이었다. 하필 마거릿은 집 나온 아이들을 자기 집으로 데려갔다. 자신이 무슨 보육원장이라도 되는 줄 아나 본데 브라운 서장이 몇 번을 경고했지만 소용없었다. 좋은 여자 마거릿은 좋은 일을 하는 데 정신이 팔려 다른 것은 보지 않았다.

"그게 뭐가 문제래? 그럼 아이들이 길거리를 헤매고 바닥에서 신문지를 깔고 자는 걸 두고 봐요?"

라몬 타사피, 16세. 그 아이는 실종 사건에 얽혀 있었다. 부모는 아이가 사라지고 곧장 경찰에 실종 신고를 했다. 그들은 처음부터 유괴를 주장했지만 경찰은 가출로 단정하며 인력을 투입하지 않았다. 그즈음 가출한 고등학생들이 범죄에 연루되어 죽는 사건이 일어났다. 비상사태에 돌입한 경찰은 언론의 지탄을 받으며 사건의 방향을 전격 바꾸었다. 실종자 명단마다 라몬의 얼굴이 실렸고, 지역방송의 한 코너에 라몬의 부모가 나와서 시민들에게 호소했다. 이쯤 되면 누구나 연락도 없이 사라진 아이, 그 맑은 얼굴과 곱슬머리의 예쁘장한 남자아이 라몬의 실종에 끔찍한 결론을 예상하기 마련이었다. 뉴스를 본 사람들의 대다수는 한 달이나 지났으니 안됐지만 벌써 죽었을 거라고 말했지만 정작 라몬의 동급생들은 의견이 달랐다.

"다 연기일걸요? 그 앤 일단 동네 밖으로 나가면 완전 다른 아이 행세를 한다고요. 고아이거나 의붓아버지한테 두들겨 맞는 애. 젤 좋아하는 버전은 어머니가 아버지를 죽여서 교도소에 있고 자기는 위탁모랑 같이 사는데, 그 여자가 자기를 성적으로 학대한다는 내용이에요. 완전 미쳤지."

폭스 포 뉴스 기자는 아이들을 찾아다니며 이런저런 인터뷰를 땄는데 보도할 기회가 오지 않았다. 경찰 인력의 절반과 주민들이 수색대에 대거 투입된 사건에 저런 보도를 내놓는다는 것은 세상에 대한 예의가 아니라는 이유였다.

라몬 타사피는 보호 경찰들에게 인도되자마자 몰려드는 기자들의 질문에 흔쾌히 답했다. 희생자의 얼굴을 한 아이의 증언을 마다할 언론은 세상 어디에도 없었으니, 말 한마디 한마디가 거르지 않고 세상에 곧장 전파됐다.

"좋은 사람이에요. 마거릿 아줌마. 초코바도 맘껏 먹게 해 줬고요. 술도 사 줬어요. 근데 아저씨가 출근하고 나면 좀 이상해졌어요. 자꾸 저한테 와서……."

이런 제기랄. 브라운 서장은 거기까지만 듣고 문을 닫아걸었다. 브라운 서장은 라몬 같은 부류를 잘 알았다. 어쩌자고 마거릿이 걸려든 걸까. 당장이라도 녀석의 얼굴을 날려 주고 싶은 심정이었다. 젊었을 때는 헛소리를 지껄이는 것들을 보면 때려 주고 그랬다. 좋은 세월은 갔다. 이제는 사람을 죽였든 아이를 강간했든, 그런 인간 같지도 않은 것들의 인권도 보호받아 마땅한 시대였으므로 무조건 참아야 했다. 오늘따라 브라운 서장은 참는 것이 몹시 고됐다. 어쩌자고 저 아이는 멀쩡한 부모를 두고서 그들을 한 달 동안 고문한 것으로 그치지 않고 선량한 리스 서밋의 시민 마거릿까지 흠집 내고 싶어 안달하는 걸까. 그건 왜 그런 걸까. 저런 유형을 만날수록 그 행동을 이해해 보려고 할수록 더욱 헷갈렸다. 아이의 비뚤어진 행동은 어려서 사랑을 주지 않은 부모 탓이라고 심리학자들은 떠벌려 왔지만 브라운 서장은 이제 그것도 믿지 않는다. 실체는 단순하지 않고 알면 알수록 멀어진다.

"서장님!"

젊은 경사 한 명이 서장실의 문을 두드리고 얼굴을 들이밀었다.

"익명의 신고자가 누군지 알아냈습니다."

"그깟 게 중요한가 지금?"

"라몬 타사피 본인이었어요."

"뭐?"

"서장님도 오셔서 좀 들어 보세요. 마거릿이 저 애한테 무슨 일을 시켰는지 아시면……. 으으, 그 여자 완전."

"자네, 그 헛소리를 믿는 건 아니겠지?"

브라운 서장의 말에 젊은 경사가 어깨를 으쓱이며 눈을 껌뻑거렸다.

"설마 그딴 걸 지어내는 애가 있겠어요?"

"라몬 타사피, 저놈이 그래. 알아들어? 기자들 출입 막고 처음부터 제대로 하게."

브라운 서장이 소리를 지르자 바깥에 몰려 있던 경찰들이 뿔뿔이 흩어졌다. 그 사이로 용의자 마거릿의 맹한 얼굴이 드러나자 브라운 서장은 한숨을 푹 내쉬었다. 그러나저러나 그 아이가 지금 벌이는 짓을 마거릿에게 어떻게 이해시켜야 하지.

3

자, 이제 그날 밤 벌어진 일에 대해 말해 볼까. 조사관은 거의 다 왔다는 걸 안다. 아이는 여태 잘해 왔다. 지금까지 아이가 마음껏 떠들 수 있도록 놔둔 이유가 여기 있다. 발화 과정은 무척 중요하다. 누가 누구에게 입을 여는가. 조사관이 어떻게 용의자의 신임을 얻어 내어 한 팀으로 달려가는가. 본론은 지금부터다. 조사관이 목표하는 바는 줄곧 하나였다. 진범을 잡아들이는 것. 아이들 말고 더 큰 것.

이제 거의 다 왔다. 조금만 방심해도 아이는 잘못된 길로 샐 수 있으므로 바짝 조이는 것이 중요하다. 아이가 새로운 사실을 제 입으로 떠벌리고 사건의 진실을 다시 써 나가는 그 멋진 순간을 위해 조사관은 미끼를 아껴 왔다. 먹음직스럽고 배부른 미끼. 그러니 천천히 서두르지 않고 아이를 몰아갈 것이다. 자, 백천수 씨, 말해 봐라. 앙벵야가 부자인 건 어떻게 알았지? 해리 백이 알려 줬나? 해리 백이 네 삼촌인 거 우리도 알고 있다. 그가 처음부터 계획적으로 모든 걸 주도했다면 너희는 안전하게 빠져나갈 수 있어. 내 장담하지.

귀가 열리자 망령이 살아났다

천수가 하이에나의 울음소리를 내며 고꾸라졌을 때 앙벵야는 기이한 체험을 했다. 소프라노가 낼 수 있는 음역을 넘어선 고주파의 소리는 고막에 미세한 상처를 냈고, 앙벵야의 몸속에 박힌 철심 하나를 건드렸다. 앙벵야는 곧장 천수의 목소리를 이식받고 포효했다. 변성기 소년이 낼 수 있는 소리가 아니었다. 중년의 여성이 낼 수 있는 소리가 아니었다. 소리는 머나먼 곳에서 왔다. 시간을 거슬러 왔다. 앙벵야는 자신이 내는 소리에서 아이의 시간을 느꼈다. 앙벵야는 자신이 눈앞의 아이가 되었음을 알았다.

앙벵야는 공간을 거슬렀다. 네모난 방 안에 해리가 보인다. 젊은 해리가 고함을 지른다. 한 명이 더 있다. 해리가 다른 해리를 떠 민다. 소리친다. 그러지 마, 해리. 앙벵야가 소리친다. 그것은 사람의 언어로 나오지 않고 이상한 울음으로 터져 나온다. 화가 치민다. 앙벵야는 한 번 더 소리친다.

"때리지 마요!"

앙벵야는 한국말을 할 수 있다. 그러지 마. 아빠한테 그러지 마. 앙벵야가 소리치자 마냐타에 고꾸라졌던 천수가 몸을 일으키고 같이 소리친다.

"하지 마."

천수의 표정이 무섭다. 천수가 허공을 노려보며 씩씩댄다. 두 사람이 동시에 마냐타를 뛰쳐나간다.

"해리 백! 개자식!"

어둠 속에 해리가 보인다. 천수가 주먹을 들어 해리의 얼굴에 내리친다. 앙벵야가 한 번 더 치고. 해리가 두 사람을 쳐다본다. 이해하지 못하는 표정. 천수가 이번에는 몸을 날리고 앙벵야도 같이 달려든다. 해리가 미처 도망가기도 전에 앙벵야의 커다란 손에 잡히고 천수가 주먹을 날린다. 잘했어, 천수야. 앙벵야가 퓨카아하 웃는다. 이번에는 천수가 붙잡고 앙벵야가 커다란 손바닥을 내리치며 철퍼덕. 해리가 바닥을 뒹굴고 동시에 두 사람도 강한 힘에 의해 붙들렸다. 방해꾼이다. 승아가 앙벵야의 허리를 붙들었다. 마거릿이 천수의 등을 덮쳤다. 존이 멍한 표정으로 서 있고 해리가 입 안에 고인 침을 퇘악 뱉었다.

"백천수, 너 지금 삼촌을 때린 거냐?"

해리가 말했고.

"삼촌 좋아하시네."

천수가 담담하게.

"얼레, 해리 아저씨 한국말 잘하네."

앙벵야 옆에 고꾸라진 승아가 말했다. 꾜오오오오. 우두머리 하이에나가 포효했다. 근처 수풀에서 하이에나 무리가 다가오고 있었다.

"라이터! 존, 라이터 켜요!"

해리가 소리를 질렀다. 존이 허둥지둥 라이터를 켜고 마구 흔들자 숨어 있던 하이에나 무리가 합창을 시작했다. 꾜우우우우우. 천수와 앙벵야가 같이 소리를 모으고 하이에나처럼 울부짖자 바닥에 나동그라진 마거릿이 웃음보를 터트렸다.

"이거 정말 굉장하지 않아? 저 소리 좀 들어 보라고."

"다들 미쳤군. 제정신이 아니야."

존이 라이터를 허공에 대고 흔들면서 고함을 질렀다.

"대체 언제까지 이러고 있어야 하는 거요?"

존이 다시 한번 신경질을 부리자 해리가 사방에서 몰아온 나뭇가지에 불을 붙이기 시작했다. 바닥에 고꾸라진 사람들이 몸을 추스르고 일어나 불 옆으로 모여들었다. 금세 불길이 치솟자 하이에나 무리가 한 번씩 크게 울부짖다가 어둠 속으로 모습을 감췄다. 탁타탁. 나무 타는 소리만 들렸다. 모두 지쳤고 아무도 말을 꺼내지 않았다. 해리는 잔가지를 던져 넣으면서 건너편에 앉은 천수를 조심스레 힐끗거렸다. 불길에 반사된 천수의 얼굴이 벌겠다.

"착한 애야, 우리 천수."

미숙 씨가 그랬다. 미숙 씨는 형이 착해서 좋았다. 미숙 씨는 착한 남자와 결혼해서 착한 아이를 낳았다. 공식대로라면 해피 엔딩인데 이상하게 거기 참가한 구성원들은 각자 나름대로 불행해졌다. 천수도 그런가. 아이가 자신을 알아챌 거라고 생각도 못 했다. 막상 들키고 나니 놀랍지도 않았다. 결국 일이 이렇게 되려고 녀석이 여기에 와 있는가 싶었다. 방금 겪은 천수는 좀비가 아니었다. 화내고 소리치고 대들었다. 살아 있음. 그게 중요하지. 해리는 천수의 해석되지 않는 얼굴을 쳐다보았다. 천수는 해리 쪽으로는 더 이상 시선을 주지 않았다. 오직 불길에 시선을 고정하고 그 안에 빠져 있었다.

천수는 어려서부터 불을 좋아했다. 캠프파이어를 하면 그쪽으로 걸어 들어갔다. 놀란 어른들이 천수를 잡아서 멀찍이 쫓아 보냈다. 그러면 천수는 도로 불 쪽으로 갔다. 다시 잡혔다. 큰일 날 놈이네. 누군가 말했고, 그 큰일이 무엇일지 천수는 오래 생각했다. 불 속에는 다른 생명체가 살고 있었다. 천수는 어려서부터 그걸 눈치챘다. 그 안에는 인간들이 모르는 다른 세상이 작동했다. 천수가 속한 곳은 여기가 아니라 거기였다. 그래서 불을 냈다. 아직도 그 불길을 기억한다. 새빨간 불꽃 안에는 수천 가지 색깔이 살아서 재잘대고 춤을 춘다. 그걸 보지 못하는 사람은 천수를 이해할 수 없다. 색깔들의 초대. 천수는 그 속으로 걸어 들어갔고 거의 성공할 뻔했다. 타타닥. 몸이 뜨거워지면서 다리가 공중으로 솟구친다 싶더니 한순간에 땅 위로 패대기쳐졌다. 비명, 울음소리. 구급대가 오고 소방차가 왔다. 시끄러, 천수가 소리를 지르며 귀를 막았다. 병원에 누워 있을 때도 수많은 소리들이 들렸다. 귀신이 씌었으니 부적을 붙이고 굿을 해야 된다 그랬고, 기도원에 들어가 안수를 받으면 싸악 낫는다 그랬다. 어디 좋은 약초가 있다고 그랬고, 심플하게 조제약을 먹으면 된다고 그랬고, 다 됐고 다시는 그러지 못하게 가둬 놓자고 그랬다. 천수는 다시 귀를 막았다. 그 소리들을 순식간에 잠재운 건 천수의 몸을 공중으로 들어 올린 후 순식간에 바닥에 패대기쳤던 힘의 소유자였다. 힘의 소유자가 말했다.

"조용!"

그러자 소리들이 멈췄고 세상이 조용해졌다. 힘의 소유자는 한동안 세계를 잘 관리했다. 소리들을 모두 내쫓고 천수를 안전한 세상 속에 보호했다. 완전히 차단된 줄 알았던 세계에 별안간 구멍이 뚫렸다. 소리들이 시끄럽게 환생했다. 천수는 불꽃에 정신을 매어 놓았다. 희끄무레한 형상은 소리와 함께 구체화됐다. 그의 음성. 익숙한 한국말이 천수를 현재에서 과거로 과거에서 현재로 메다꽂았다. 뭉개고 으깨서 다 사라진 줄 알았는데 그것이 꿈틀꿈틀

제 살과 뼈를 세우고 일어섰다. 과거의 소리들이 다시 올라와 시끄럽게 떠드는 통에 정신을 잃을 것만 같았다. 천수는 뜨거워진 얼굴에 손바닥을 댔다.

승아가 보기에 가족사는 모든 문제의 근원이었다. 지금 눈앞에 벌어지는 사달도 대충 짐작이 갔다. 해리는 천수의 삼촌이 아니다. 척 보면 알지. 승아의 촉은 언제나 정확했으니 해리는 확신컨대 천수의 아빠다. 아임 유어 파더. 그 유명한 영화 〈스타워즈〉의 대사처럼. 천수의 엄마가 임신하자 아프리카로 도망 왔겠지. 미혼, 아니 비혼 엄마와 살아온 천수는 언제나 아빠에 대한 앙심을 품고 있었는데 여기서 딱 맞닥뜨린 거다. 이런 드라마 같은 일을 보았나. 천수의 드라마를 마주하자 승아는 자신의 드라마, 그러니까 엄마와 아빠가 사이좋게 두 손 맞잡고 승아를 외할머니에게 맡기고 간 사건이 떠올랐다. 뭐, 적어도 내 부모는 금실은 좋았다, 그런 자부심이라도 느껴야 하나.

하지만 맡긴 거라면 도의적 책임을 다해야 했는데 (돈을 보낸다든가 전화라도) 승아의 부모는 그런 게 없었다. 외할머니가 일 나간 틈을 타서 몰래 들어와, 거실에 아기를 놓고는 안방 장롱에서 돈까지 훔쳐 달아났다. 맡긴 게 아니라 버리고 갔다는 표현이 옳았으나 승아는 왠지 그걸 인정하기는 싫었다. 맡긴 것은 찾으러 오지 않나. 그러니 언젠가는 부모가 17년 전에 맡긴 내 딸을 찾으러 왔소, 하고 나타날 날을 기다렸다. (뭐, 큰 기대는 안 했지만) 승아의 판타지 속 부모 상봉은 언제나 눈물과 화해로 화려하게 치장되었던 바, 막상 눈앞에서 벌어진 남의 이벤트에 과몰입한 나머지 승아는 갑자기 똥이 마려웠다.

"근데요, 아저씨."

승아가 말했다.

"볼일은 어디서 봐요?"

"볼일? 똥?"

해리가 되물었다.

"그쵸."

승아가 고개를 끄덕였다.

"여기저기 아무 데나."

해리가 턱을 치켜들고 왼쪽에서 오른쪽까지 사방을 가리켰다.

"여기 손전등. 볼일 볼 때 꼭 필요하다. 똥 누다가 일 당하지 말고. 아까 하이에나 봤지?"

"허, 한국말 들을수록 괘씸하네. 아저씨, 사기꾼 뭐 그런 거예요? 왜 우릴 감쪽같이 속였어요?"

"속이긴. 한국 사람은 영어하면 안 되냐?"

"그런데 아저씨, 천수 삼촌 아니죠? 딱 봐도 알아. 아빠죠?"

"어쭈. 너 〈스타워즈〉 찍냐?"

"것 봐. 맞네."

"너 똥 급하다며."

"그러게요. 천수야, 너 나랑 똥 누러 같이 안 갈래? 저 뒤쪽으로 혼자 가려니까 무서워서."

승아가 자리에서 일어서며 천수를 불렀지만 천수는 뜨거워진 얼굴로 여전히 다른 세계에 빠져 있었다.

"승아야, 너 아프리카에서 누구 데리고 다니면서 똥 눌 생각은 하지 마라."

해리가 심각한 얼굴로 말했다.

"여기선 똥은 반드시 혼자 눈다. 어둠과 맞선 채 엉덩이를 까고 자연에 찌꺼기를 배설하는 거지. 눈앞에 별들이 후르르 막 쏟아져 내리지, 바람이 살랑살랑 엉덩이를 간질이지, 속은 텅 비었지, 멀리서 사바나의 짐승들이 막 울부짖지, 바로 그 순간."

해리는 여기서 잠깐 말을 멈추었다.

"그 순간 뭐요?"

"비로소 해탈하는 거다."

"해탈? 전직 선교사였다면서요? 하나님 믿는 사람이 무슨 해탈? 구원 아니고요?"

"편 가르지 말고. 나라고 해탈하지 말란 법 있냐."

"참 사기꾼처럼 생겨서는 똥 누는 순간 해탈을 한다니 그 무슨 땡중 같은 소리세요. 그나저나 휴지가 없는데. 저 아줌마한테 좀 있으려나요?"

승아가 해리를 보고 눈치껏 뜻을 전해 달라는 표정을 지었다.

"넌 참 어딜 가도 잘 살 거다. 그런데 어쩌냐. 저렇게 자는 사람을 깨울 수도 없고. 저기 존, 휴지 있으세요? 애가 좀 급한가 봐요."

존이 심드렁한 표정으로 마거릿의 가방을 해리에게 던졌다.

"알아서 찾아봐라."

해리가 가방을 승아에게로 스윽 밀며 말했다. 승아는 급하게 지퍼를 열고 닥치는 대로 물건을 뒤적였다. 선글라스 케이스, 관광책자, 향수, 구겨진 박물관 티켓과 지폐 그리고 원통형의 플라스틱 약통이 만져졌다.

"아저씨, 이거 비타민 맞아요?"

승아가 약통을 해리에게 내밀며 물었다.

"왜, 넌 비타민으로 똥 닦냐? 티슈나 마저 찾으셔."

"그게 아니라. 여기 뭐라고 쓰여 있어요? 좀 읽어 봐요."

"카르바마……. 뭐가 이렇게 길고 어렵냐."

"그니까 비타민인 거죠?"

"난들 아냐? 웬 비타민 타령은. 비타민이 모자라셔?"

"아니, 그게 뭐 좀 걸리는 게 있어서요."

승아가 잠든 마거릿을 힐끔거렸다.

"똥은? 이제 안 마렵냐?"

"쏙 들어갔어요."

"그거 조울증에 먹는 약이야."

건너편에 앉은 천수가 무심한 목소리로 끼어들었다.

"진짜? 네가 그걸 어떻게 알아?"

"그냥 이것저것 먹다 보면 알게 돼."

모닥불에 데워진 천수의 얼굴이 빨갰다.

"넌 뭐가 문젠데 이것저것 먹었대, 어?"

해리가 다그쳤고.

"어후, 아저씬 좀 빠지고요."

승아가 해리를 뒤로 밀치며 말했다.

"이거 많이 먹으면 안 되지? 낮에 어떤 애기가 먹었는데."

"애기가?"

해리가 다시 끼어들었다.

"그래서 제가 토하라고 막 흔들고 그랬는데. 애가 겁을 먹었는
지 되레 더 삼켰거든요. 마거릿 아줌마가 비타민이라고 그랬는데
미치겠네. 해리 아저씨. 근처에 응급실 같은 거……. 아니, 뭘 물어.
딱 봐도 없는데. 그 애기 찾아서 빨리 뭐라도 해야죠."

승아가 입술을 잘근잘근 깨물기 시작했다.

"어떻게 생겼어?"

"키가 작고. 머리는 곱슬거리고."

"그게 뭐냐. 아무런 특징이 없잖냐."

"그러게요. 바지는 하늘색이었고. 눈은 엄청 컸고 키는 요만한
데. 미쳐, 내가. 아! 리디아 선생님이 알아요. 그 애가 누군지. 전화
해 봐요."

여기는 전화가 안 터진다. 사무실까지 내려가야 전화를 할 수 있다. 해리가 자리에서 일어섰다.

"어어, 당신 뭐야? 어디 가는 거요? 나도 갑시다."

존이 엉덩이를 털며 일어섰다.

"그게 존, 좀 급한 일이 생겨서. 오늘 밤만 그냥 여기 계세요. 응급 상황이 터져서 그럽니다."

"뭔데 그러쇼? 아니, 이 사람이 근데 남의 가방을 왜 다 뒤적여 놨어? 당장 그거 내놔요."

존이 해리가 들고 있는 약통을 잡아챘다.

"빌어먹을! 휴지가 필요해서 가방을 내줬더니 뭐 하는 짓입니까, 이게?"

존은 약통을 가방에 쑤셔 넣었다.

"왜 그딴 얼굴로 날 보는 거요? 약 처음 봐?"

"아저씨, 빨리요."

승아가 해리를 재촉하자 존이 더욱 열을 냈다.

"이 사람들이 정말. 당신 지금 여자애만 데리고 사무실에 가겠다고? 우리만 여기 두고 내빼는 건가? 이봐요, 마사이 양반. 그만 자고 일어나 봐."

앙벵야와 마거릿은 서로 겹쳐 있었는데 두 사람은 서로의 몸을 공고히 떠받치면서 끄덕임도 없이 자고 있었다.

"이봐요. 난 떠날 테니까 당신이 우리 마누라하고 저 남자애 잘

지키라고. 오케이?"

존이 앙뺑야를 툭툭 쳤다.

"나도 같이 가요."

천수가 자리를 털고 일어나 승아 곁에 섰다.

"환장하겠네. 너네는 여기 있어. 존, 제발 계획대로 좀 하세요."

해리가 짜증을 내자 존은 목소리를 더욱 높였다. 당신이 가겠다면 나는 못 갈 게 뭔가. 여기가 사람이 잘 곳인가. 아까와 똑같은 레퍼토리가 반복되고 있었다.

"아, 시끄러워요!"

천수가 고함을 질렀다.

"너 지금 나한테 소리쳤냐?"

존이 더 크게 악다구니를 쳤고.

"어어. 뭐, 뭐가?"

마거릿이 잠에서 깨어났고 앙뺑야도 볼에 흐른 침을 지익 닦으면서 눈을 껌뻑거렸다.

"낮에 어떤 애기가 마거릿 아줌마 약을 먹었는데. 그거 애기가 먹으면 안 되거든요. 그 애가 누군지 리디아 선생님이 아는데 여기선 전화가 안 터져요. 같이 갈 거면 서두르세요. 아, 손전등 잊지 마시고요!"

천수가 자신의 손전등을 환하게 치켜들었다. 승아가 잘했다며 천수의 등을 툭툭 쳤다. 마거릿이 딸꾹질을 시작했다. 앙뺑야가 해리에게 자초지종을 따졌다. 얘기를 다 듣고 난 앙벵야가 벼락같이 소리를 질렀다. 핏발 선 허연 눈알이 희번덕거렸다. 존은 너무 놀란 나머지 마거릿 뒤로 숨었다. 앙벵야는 해리를 죽일 듯이 노려보다가 달리기 시작했다. 앙벵야는 그 아이가 누군지 대번에 알아챘다. 사탕을 좋아하는 아이였다. 집이 가까워서 매일 혼자서도 엔젤스 스쿨까지 걸어가는 아이였다. 뭐든 보면 입으로 가져갔다. 그 나이에는 다 그러지만 그 아이는 유난했다. 흙이든 못이든 돌이든 동전이든 다 입에 넣었다. 아이 엄마는 말리지도 못했다. 다섯 달전에 트럭에 치인 남편을 수발하는 게 더 급했다. 둘째가 막 태어났다. 아이는 이래저래 관심을 못 받았다. 할머니는 장사하느라 바빴다. 할머니에게는 아이 말고도 손주가 열 명도 더 있었다.

앙벵야는 그 아이가 누군지 안다. 숨이 가빠졌다. 수풀을 헤치고 뛰는 발소리가 끝도 없이 이어졌다. 타닥다다닥. 타다다닥. 앙벵야의 뒤로 승아가 바짝 붙어서 따라오고 있었다. 해리와 천수, 마거릿과 존이 뒤를 이었다. 작고 반듯하게 지어진 마냐타에 이르자 새벽닭이 울었다. 사람들이 뛰어가는 소리에 새끼 염소가 음마아 아아아 하고 울었다.

앙벵야는 기척도 내지 않고 안으로 들어섰다. 나머지는 밖에서 기다렸다. 마거릿이 이상한 행동을 한 건 바로 그 순간이었다.

"워허. 아줌마, 왜 그래요?"

마거릿이 자기 뺨을 철썩철썩 때리기 시작했다.

"하지 마요. 아파."

승아가 마거릿의 손을 억지로 움켜잡았다.

"난 벌 받아야 해. 벌 받아야지. 내 탓이야. 또 내가 숨긴 탓이라고. 라몬 때도 그랬어. 내가 숨겨 줬어. 그러면 그 애가 날 사랑할 줄 알고. 거짓말쟁이는 나야. 다 내 탓이었어."

마거릿은 승아를 밀치고 다시 뺨을 내리쳤다.

"무슨 짓이야. 창피하지도 않아? 애들 보는 앞에서."

존이 마거릿을 억지로 붙들었다. 마거릿은 존도 밀치고 하던 일을 계속했다. 손은 지치지도 않고 그 일을 했고 얼굴은 벌겋게 부어올랐다. 아무도 나서지 못하고 마거릿을 지켜보았다. 침묵. 마냐타 안으로 들어간 앙벵야는 나오지 않았고 마거릿의 착착 뺨 때리는 소리만 계속 들렸다.

"미치겠군!"

존이 자신의 머리를 부여잡으며 발을 굴렀다. 존이 구르는 발소리에 박자를 맞추어 마거릿이 더욱 경쾌하게 뺨을 내리쳤다.

"아주 돌아 버리겠어. 아프리카에 온다고 좋아질 줄 알았던 내가 바보지!"

존이 고함을 치자 닭들이 푸드덕 날아올랐다. 천수는 이 상황을 지켜보기가 힘들었다. 죽었던 소리들이 한꺼번에 되살아나 천수의 귓속으로 파고들었다. 내가 언제까지. 미치겠어. 없어져. 차라리 사라져. 천수는 귀를 틀어막았다. 착착착. 마거릿이 내는 손바닥 마찰음. 존의 고함 소리. 천수는 방향을 틀었다. 하필 거기 해리가 있었다. 백해일. 한때 천수의 삼촌이었던 사람이 거기 있다. 천수는 시선을 내렸다. 어깨까지 내려온 곱슬머리. 희끗한 머리칼. 그는 천수가 기억하는 젊은 남자가 아니다. 천수가 해리보다 키가 더 크다. 팔이 두 배는 두텁다. 힘은? 천수는 시선을 올려 다시 그를 똑바로 보았다. 두 사람의 눈이 부딪쳤다. 그때 해리가 주먹을 들어 올렸다. 그리고 자신의 머리를 내리치기 시작했다. 퉁퉁. 둔탁한 소리가 이어졌다.

"왜 이래요, 아저씨까지. 네? 그만해요."

승아가 달려들어 해리를 말렸다. 해리는 승아를 뒤로 밀치고 더욱 속도를 내어 자신을 쥐어박았다.

"나야, 내가 그랬어. 그딴 꼴로 애랑 같이 사는 거 아니라고. 내가 네 아빠를 억지로 미국으로 보냈어. 네 엄마는 네 아빠가 뭐가 되도 좋다더라?"

그 주먹이 때린 다른 사람. 아빠. 낯선 단어. 어색하다. 아빠라니. 나한테 그런 게 어디 있다고. 천수는 한동안 같이 살았던 이모가 누군지 알 것 같았다. 천수와 함께 엄마의 화장대에 앉아 같이 놀이를 했던 이모는 해리의 얼굴을 가졌다. 해리가 또 한 번 자기 머리통을 내려치자 천수는 자기가 맞은 것처럼 휘청거렸다. 왜 이래. 지금 와서. 다 망쳐 놓고 또다시 망치고 있는 꼴을 보라지. 저것들은 허락도 없이 남의 인생에 끼어든 다음 잘 안되면 저런 식으로 반성하나 보지. 안 좋다. 보기 안 좋아.

"아, 진짜! 그만해요. 그만하라고! 아줌마도 그만해!"

천수가 손가락을 쳐들고 마거릿을 가리키자 마거릿의 손이 가던 길을 멈추고 되돌아왔다. 그때 어둠 속에서 앙벵야가 모습을 드러냈다. 축 처진 아이가 앙벵야의 두 손에 걸려 있었다. 모두 아이 곁으로 다가갔고 앙벵야가 두 손을 높이 들고 아이를 허공에 띄웠다. 앙벵야는 알아듣지 못하는 소리를 중얼거리면서 아이를 더욱 높이 쳐들었다. 앙벵야는 하늘에 대고 계속 말했다. 그게 기도라는 걸 천수는 알 수 있었다. 천수는 아이를 향해 무릎을 꿇고 앙벵야를 따라 했다.

기도는 신에게 닿지 않을 것이다. 신은 한 번도 천수의 기도에 응답한 적이 없었다. 있는지 없는지 모르는 신에게 천수는 아무 말도 하지 않을 거였다. 대신 아이의 영혼에 대고 말했다. 마거릿이 가까이 다가왔고 멀리서 하이에나가 카후으으으 울었다. 앙벵야가 아이를 안은 채로 마거릿 옆에 털썩 주저앉았다. 그때 천수의 눈에 분홍색 사탕이 보였다. 절반도 먹지 못한 사탕이 아이의 손가락에 끈적하게 붙어 있었다. 천수는 그걸 떼어서 제 입에 넣었다. 달콤했다. 아이가 흘린 침이 사탕을 녹여서 더욱 끈적거렸다. 천수는 한 번 더 사탕을 떼어 먹었다.

"그만. 그걸 왜 먹고 있어?"

승아가 천수의 팔을 붙잡았다.

"달아."

천수가 대답했다. 사탕이 천수의 목을 긁고 넘어가면서 기침이 시작됐다. 캑캑거리면서도 혀는 끊임없이 사탕을 핥았다. 멈출 수가 없었다. 캑캑, 컥커. 앙뻬야가 커다란 손바닥으로 천수의 등을 탁 쳤다. 기침이 멈췄고 천수의 목에 걸린 사탕이 밖으로 툭 튀어나왔다.

알리스 vs 타사피 패밀리

20××년 6월 5일 캔자스시티 스타

지난 한 달 동안 실종 상태였던 라몬 타사피가 어젯밤 리스 서밋의 한 술집에서 극적으로 구출됐다. 익명 제보자의 신고로 출동한 경찰은 라몬 타사피를 유괴한 혐의로 함께 동행한 여성 P씨를 현장에서 체포하고 조사 중에 있다. P씨는 폭력 가정에서 가출한 라몬 타사피를 구호했을 뿐이라고 주장하였으나, 미성년자를 술집에 데려간 것은 윤리적인 문제를 넘어 엄연한 범법 행위에 해당한다. 타사피 군의 증언에 의하면 P씨는 자신을 성적으로 이용하였으며, 그날 술집에 데려간 것 또한 자신을 다른 여성에게 소개하기 위함이었다고 말해 충격을 주고 있다.

타사피 군은 지난 5월 2일 하굣길에서 마지막으로 목격된 후 소식이 끊겨 주위의 우려를 샀다. 타사피 부부는 아이를 찾기 위해 신문사와 방송국의 문을 두드렸으며 캔자스시티 경찰 또한 대대적인 수사를 벌여 왔다. 용의자를 체포한 리스 서밋 경찰은 최근 타사피 군의 인터뷰 전면을 담은 뉴스에 강한 반감을 드러내며 아직 수사 중인 사건에 대해 언론의 낙인 찍기식 보도는 삼가해 달라고 요청했다.

본지의 취재에 따르면 리스 서밋의 경찰서장은 3년 전 용의자 P씨가 벌인 암 환자 기금 마련 캠페인을 통해 부인의 암 수술비 전액을 지원받았음이 밝혀졌다. 용의자와 경찰의 결탁은 뿌리 뽑아야 할 악행임에도 이러한 감싸기식 수사가 진행되는 것에 본지는 심한 우려를 보내는 바이다. 오직 공정한 수사만이 더 이상 어린 희생자가 양산되지 않도록 막는 것이 아닐까. 공권력이 시민의 알 권리와 언론의 자유를 침해하지 않도록 엄정한 눈으로 지켜봐야 할 것이다.

웃기지도 않았다. 알리스는 노트북을 확 내렸다. 마거릿이 캔디맨 사건(이번 사건은 캔디맨 사건으로 이름 지어졌고 사장은 화병으로 앓아 누웠다)의 용의자로 체포된 이후 작은 동네 리스 서밋은 온통 그 이야기뿐이었다. 들리는 이야기마다 과장되고 엉터리였는데 그걸 누가 부추기나 했더니 여기 있었네. 요즘 언론이 쓰레기인 건 알았는데 해도 너무하는군. 말도 안 되는 뉴스가 진짜인 것처럼 돌아다니는 것은 어제오늘 일도 아니었지만 적어도 자기들이 정의의 사도인 양 행세하는 것은 좀 부끄럽지 않나. 사회 정의. 시민의 알 권리. 언론의 자유까지? 알리스는 그 부분에서 웃다가 사레들렸다. 누가 누굴 탄압하고 있는 걸까. 알리스가 봐도 한눈에 뻔히 보이는 스토리인데 언론은 왜 라몬 편을 들어 주고 싶은 거지. 부모가 캔자스시티의 유명한 재력가여서? 온갖 신문과 방송국의 광고란을 도배하는 광고주니까? 누가 누구와 결탁을 했는지 모르겠네.

그건 그렇고 진짜 심란한 건 라몬 쪽이었는데 걘 왜 그랬던 걸까. 바에 앉자마자 다 귀찮다는 표정으로 의자를 흔들거리던 모습이 떠올랐다. 아무도 건들지 않았으면 좋겠어. 그렇게 말하는 눈. 알리스가 신분증을 요구했을 때 그 눈빛은 당장 사납게 바뀌었다. 충돌. 이건 누가 누구를 만나느냐의 문제다. 라몬은 다행이 마거릿을 만났고 쉽게 속여 넘긴다. 이어서 알리스를 만나는데 들킬 위기에 처한다. 그때 선택한 건 혼자서 내빼는 게 아니라 모두를 속이는 것으로 귀결됐다. 문제는 내가 아니라 너라는 상황의 역전. 브라보, 라몬이 이겼다. 조금 더 가 볼까. 기왕 이렇게 된 거 완벽한 희생자의 모습을 연기하자고 했겠지. 마거릿이 나쁜 사람이 될수록 라몬은 가련해진다. 그럼 그 부모는 아이의 말을 100퍼센트 믿고?

그럴 리가. 저런 스타일은 하루아침에 생겨나지 않는다. 부모는 라몬을 누구보다 잘 알고 있을걸. 알리스는 타사피 부부가 나온 방송을 모두 찾아보았다. 마지막 방송이 좀 걸렸다. 라몬이 캔디맨에서 구출(언론의 표현에 의하면)되기 전날 나온 토크쇼에서 라몬의 어머니가 한 말이 자꾸 뇌리에서 맴돌았다.

"누군가 타사피를 데리고 계시다면 제발 아들을 돌려보내 주십시오. 그리고 아들에게 전해 주세요. 돌아오기만 해. 네가 원하던 거 다 끝내 놨어."

그 말을 하는 어머니의 얼굴은 조금 화가 난 표정이었는데 옆에 앉은 남편이 당황한 표정을 지었다. 처음에 알리스는 부인이 울음을 참고 있다고 생각했다. 입술을 비죽거렸고 표정이 좋지 않았다. 그러다 한 번 더 봤을 때는 납치범에게 화를 내고 있다는 느낌이 들었다. 부인이 말을 마치자 서둘러 남편이 화제를 바꾸었다. 뭔가 있어. 시청자는 모르고 두 사람은 아는 게 있다. 알리스는 그 부분을 여러 차례 돌려 봤다. 다섯 번 봤을 때 알았다. 익숙한 표정이 거기 있었다. 비죽거리는 입술 사이에서 삐져나오는 냉소 말이다. 어머니는 납치범을 겨냥해서 한 말이 아니었다. 자신을 보고 있을 아들에게 말하고 있었다. 거기에는 오랫동안 자신의 골칫거리였던 아들에 대한 혐오와 포기의 감정이 복합적으로 섞여 있었다. 누구보다 알리스가 잘 아는 표정이었다.

알리스는 라몬 나이 때부터 가족과 불화했다. 그때부터 화장을 하기 시작했다. 동급생 여자아이들도 다 그러고 다녔다. 그게 무슨 큰 문제라고. 남동생의 생각은 달랐다. 그건 문제 있는 행동, 수정되어야 할 행동이었으므로 부모에게 일렀고 알리스는 두들겨 맞았다. 남자 놈이 무슨 화장이냐. 여남평등의 시대에 남자는 왜 화장을 하면 안 되냐고 대들었다가 더 맞았다. 화장이 뭐 대수라고. 알리스는 그깟 화장은 안 해도 됐다. 그 나이대의 아이들이 그렇듯 알리스는 그저 예뻐지고 싶었으므로 여자아이들과 쇼핑을 다녔다. 처음 다리털을 밀고 치마를 입었을 때의 경이감을 알리스는 기억한다. 그때 와락 문을 열고 들어온 어머니의 표정도. 어머니는 다시 문을 닫고 나갔다.

저녁 시간이 되었는데 아무도 알리스를 부르지 않았다. 나가 봤더니 동생이 벌써 계란찜의 반을 해치우고 있었다. "야, 나도 먹자" 알리스가 자리에 앉아 숟가락을 들었을 때 어머니가 딱 그 표정을 지었다. 이후로 알리스는 어머니가 무서웠다. 그 눈초리. 입술에 서린 냉소. 그건 어떤 의미일까. 생각하고 또 생각했다. 징그러, 더러워. 어머니의 울음 속에는 스스로를 향한 연민으로 가득했다. 내가 키운 아이가 저렇게 됐어. 내가 어떻게 키웠는데. 내가 뭘 잘못했니. 말해 다오. 어머니는 제 가슴을 치고 알리스를 흔들며 더욱 힘차게 흐느꼈다. 하필 왜. 네가 어떻게. 우리가 뭘 어쨌기에. 거기에 답은 없었다. 그냥 그렇게 된 거다. 그냥 그런 거다.

인종도 언어도 다른 두 어머니가 짓는 표정이 너무 흡사해서 알리스는 놀랐다. 알리스가 어머니의 표정에 영원한 가출로 응답했다면 라몬은 돌아갔다. 라몬의 어머니는 라몬이 원하는 미끼를 던졌고 라몬은 흡족하게 받아들였다. 그냥 돌아가면 되지 마거릿은 왜 걸고넘어졌을까. 캔자스시티 전체가 떠들썩해졌으니 그에 부합하고자 하는 의무감이 들었나. 아니면 화풀이 대상이 필요했나. 알리스가 보기에 이건 처음부터 끝까지 가족 극장이었다. 라몬 타사피의 가출은 이번이 처음도 아니고 마지막도 아닐 것이다. 일단 나가면 한두 달씩 돌아오지 않는 아들에게 부모는 방송에 출연해서 아들에게 메시지를 전한다. 그걸 알아들은 아들은 적절한 시기를 골라 집으로 컴백. 자기들끼리 만든 연극은 자기들 안방극장에 올리면 될 것을 미주리주 전체에, 그것도 지방 방송과 경찰까지 동원해서 비극적 사건으로 둔갑시켰다. 아주 웃기는 인간들이네.

"타사피 패밀리, 너희 나한테 제대로 걸렸어."

알리스는 옷을 챙겨 입었다.

마이 넘버원 피터

죽음은 특별한 게 아니었다. 누군가 태어나면 누군가 죽기 마련이었다. 마을에서 죽음은 흔했다. 늙은이보다 일찍 죽는 어린아이도 수두룩했다. 더한 고통이 찾아오기 전에 일찌감치 세상을 뜬것은 어찌 보면 신의 축복이라고, 늙은 여인네들은 아기 잃은 젊은 여인들을 위로하고는 했다.

이번 경우가 별난 이유는 아이가 너무 급작스럽게 죽어 버렸다는 것, 그뿐이었다. 엔젤스 스쿨로 놀러 갔던 아이는 집으로 돌아와 사탕을 빨면서 잠에 곯아 떨어졌다. 그리고 일어나지 못했다. 아이의 시신 옆에는 못 다 먹은 사탕이 굴러다녔다. 귀신이 잡아갔나 보다고, 나이 많은 여인들은 말했다. 아이 엄마는 귀신이 자신들의 삶을 간섭하지 않는다는 것쯤은 알았다. 아이 엄마는 죽은 아이를 앞에 두고도 울지 않았다. 그것이 죽음을 곧이곧대로 받아들이지 않겠다는 단호함의 표시라는 걸 나이 든 여인들이 모를 리가.

앙벵야가 대신 아이를 수습했다. 앙벵야는 세 명의 자식을 잃고도 여태 살아오지 않았나. 앙벵야에게 찾아온 죽음이란 매번 석연치 않은 구석이 있었다. 그렇다고 굳이 따지고 들지는 않았다. 죽음에 대해 따지고 들자면 피곤한 게 많았다. 가장 먼저 신과 대적해야 했고 주술사, 치유사, 의사 등의 사람들과도 싸워야 했다. 죽음도 여러 번 겪다 보면 죽은 자는 썩어 없어지지만 산 자는 남아서 옥수수 가루를 찧고 빻고 끓여 먹고 똥을 싸야 하는 존재라는 깨달음만 남는다.

피터에 비하면 이 아기는 얼마나 깨끗한가. 피터의 작은 몸을 벌집처럼 쑤셔 놓았던 구멍이 몇 개였더라. 손녀를 안아 올린 앙벵야의 메마른 손가락이 잠시 떨렸다. 아가, 대체 이게 뭔 일이라니. 앙벵야는 무거운 눈꺼풀을 간신히 치켜올리며 손녀의 작은 손가락을 잡아 보았다. 분홍색 사탕이 끈적하게 묻어났다. 망할 것들. 앙벵야는 사탕을 잡아떼고는 아이의 새빨간 입술을 바라보았다. 해리 백. 그 잡놈은 언제까지 이 짓을 계속할 텐가. 이제 그만 떠날 때도 되지 않았나. 여태껏 눌러 있는 그 꼴을 봐 주는 것도 못할 짓이다. 누구 하나가 먼저 끝내지 않는다면 평생 계속될 순환 고리. 앙벵야는 문득 모든 것이 지겨워졌다. 어린것의 죽음에 담담한 자신이 징그러웠다.

"누군가 아이의 죽음을 설명해야 해요."

꼼짝 않고 앉아 있던 아이 엄마 메리가 처음으로 입을 열었다.

"엔젤스 스쿨에 갔다 와서 그렇게 됐다고요."

"거기서 뭘 어쨌기에."

"사탕을 너무 많이 먹었어요."

"사탕이 애를 죽일 수는 없는 거다."

"이렇게 죽을 수는 없는 거예요."

앙벵야는 어린것의 몸을 안아 올렸다. 날이 덥다. 이제 곧 부패
가 시작될 것이다. 첫 자식의 죽음은 누구에게나 말이 안 되는 것
이다. 상식적인 죽음이란 세상에 존재하지 않으므로, 남은 자들은
살아야지. 앙벵야는 마냐타 밖으로 나갔다. 뒤에 남은 메리가 소리
쳤다.

"안 돼요! 아직은 안 된다고요. 의사를 불러요. 얘가 왜 이렇게
됐는지 난 들어야겠어요."

앙벵야는 환한 햇빛에 눈이 부셨다. 화창한 아침이었다. 벌써 소
식을 듣고 나타난 마을 이장과 동네 부인들이 어린 자식들을 팔에
끼고 빙 둘러서 있었다. 그 속에 해리가 끼어 있었다. 앙벵야는 아
이를 들고 해리에게로 걸어 나갔다.

"장례 치르시오. 당신네 방식대로."

"뭔 방식?"

해리가 탁해진 눈을 껌뻑였다.

"당신네 신에게. 십자가 들고."

"그런 거 난 몰라."

해리가 고개를 돌렸다. 잠자코 지켜보던 이장이 마을 청년들을 시켜 아이를 대신 받게 했다. 앙벵야가 커다란 눈으로 해리를 노려보았다. 허옇고 누런 눈동자에 새빨간 실핏줄이 얼기설기 얽혔다. 처음부터 마을에 잡신을 들인 건 네놈이었다. 네놈이 떠받들던 신은 지금 어디에 있는가. 그 잘난 신은 왜 너마저 버렸지? 앙벵야는 소리 내어 따지지 않았다. 그가 답을 알 리 없었다. 앙벵야는 잠자코 마을 청년들의 뒤를 따랐다. 그 뒤로 몇몇 마을 사람들이 행렬을 이루었다. 집에서 뛰쳐나온 메리가 소리를 지르며 닥치는 대로 청년들을 때렸다.

"그만둬! 아직은 아냐. 의사를 불러 줘요, 제발!"

메리가 이번에는 이장을 붙들었고 부인들이 말리자 메리가 통곡하기 시작했다. 부인들이 같이 곡을 했다. 어머니들의 손에서 빠져나온 아이들이 행렬을 이탈해서 마구 뛰어다녔다. 해리는 끄트머리에서 슬리퍼를 찍찍 끌며 따라갔다.

성인식도 치르지 못한 아이는 집안의 재산 목록에 끼지 못한 존재였으므로 의식은 조촐했다. 더러 가축을 많이 소유한 어른이 세상을 떠나면 음식을 장만하고 음악을 틀고 춤을 추기도 했건만 8킬로그램짜리 아이의 매장은 살아온 시간만큼이나 짧게 끝났다. 앙벵야의 마냐타 근처에 묻힌 아이의 무덤은 조금 더 붉은 것만 빼고는 평평해서 눈에 잘 띄지도 않았다. 해리는 이 집안에 들어선 새로운 무덤을 덤덤하게 바라보았다. 저 뒤에 또 있었다. 해리는 그쪽으로 눈을 돌리지 않으려고 안간힘을 썼다. 그 무덤이 저뒤 수풀 사이에 있었다. 태양이 뜨거운 탓인가 어지러웠다. 무덤을의식하지 않으려고 할수록 자꾸만 피터가 눈에 보였다. 해리는 눈을 꼭 감았다.

마이 넘버원 피터. 해리에게 기초 영어를 배운 앙벵야는 아들을 그렇게 불렀다. 대학에 갔으면 좋으련만 그만한 돈은 없었다. 대신 피터는 나이로비의 대형 쇼핑몰 웨스트게이트에 취직했다. 나이로비에서는 타락하기 십상이라는 어른들의 조언을 뒤로하고 앙벵야는 아들을 보내 주었다. 앙벵야는 해리를 따라서 딱 한 번 웨스트게이트에 가 보았다. 시내에 나간다고 잔뜩 멋을 내고 화려한 옷을 입고서 갔는데도 세련된 나이로비 사람들 사이에서 기가 죽었다. 앙벵야는 아이 앞에 촌뜨기 어머니의 존재를 드러내기 싫어서 기둥에 숨어 아들을 지켜보았다. 유니폼을 입고 고객에게 유창한 영어로 제품 설명을 하는 아들은 멀리서도 빛이 났다. 그때 해리가 큰 소리로 "우리 여깄다!" 하고 떠드는 바람에 들켰고, 시익웃으며 다가온 피터는 두 사람에게 커피와 케이크를 대접했다. 앙벵야 최고의 날이었고 그게 마지막이었다.

사건 이후 앙벵야와 해리는 각자 알아서 신을 버렸다. 앙벵야가 도끼를 들고 교회의 십자가를 부수러 갔을 때는 이미 해리가 일을 끝낸 다음이었다. 그는 교회의 십자가를 내리고 학교 문을 닫아걸었다. 공책을 끼고 먼 길을 걸어온 아이들을 내쫓았다. 그는 숲에 들어가 혼자서 살았다. 앙벵야가 먹을 것을 만들어서 찾아갔을 때 그는 미치광이처럼 살고 있었다. 익힌 것은 먹지 않고 날것과 물만 마셨다. 찾아오는 사람들에게 고함을 치고 똥물을 쏟아부었다. 흉물스러운 시멘트 교회와 학교를 폭파해야 된다고 설쳤다. 한번은 자신이 지은 교회에 불을 질렀는데 불은 번지지 않고 그의 팔에 흉한 상처만 남겼다.

"신은 있소?"

해리가 물었을 때 앙벵야는 입을 꾹 닫았다. 그런 건 없다고 대답하기 싫었다.

"아들을 잃은 나도 멀쩡히 살아가는데 당신은 뭐가 문제요?"

앙벵야는 해리가 그만 엄살을 부리고 세상으로 걸어 나가기를 바랐다.

"꿈에 빌어먹을 웨스트게이트가 나와. 에스컬레이터를 타고 오른쪽으로 틀면 바로 피터네 매장이야. 녀석은 항상 똑같은 얼굴로 앉아 있어. 그때 총소리가 들려. 우리는 같이 뛰지만 곧 붙들려. 언제나 같은 자리야. 한 발짝만 더 가면 에스컬레이터가 있는데. 우린 못 타. 에스컬레이터를 타고 내려가는 사람들이 살았다는 표정을 지어. 아니지, 그 사람들 쓰러지기 시작해. 탕탕탕, 착착착. 죽지 않고 움직이는 건 에스컬레이터뿐. 그건 계속 움직이고 그 위에 시체가 쌓여. 괴한이 피터에게 물어. 무하마드 어머니 이름을 대 봐. 피터가 날 봐. 마더 메리. 우린 그것밖에 모르지. 살려 주세요. 탕. 피터가 제 몸에 뚫린 구멍을 보고 다시 날 봐. 우리 신은 어디 있어요? 신은 오직 알라뿐. 너희 신은 죽었어. 괴한이 내 가슴에 총을 빵. 아니, 아니. 이게 아니었어. 어젯밤엔 괴한이 복면을 벗었 는데 그게 나야. 내가 묻지. 예수의 어머니는? 피터가 대답해. 마더 메리. 탕! 틀렸어. 아미나 빈트 와합. 경찰이 달려들어 총을 빼앗고 내 목을 베지. 몰랐는데 나더라? 내가 그랬더라. 우리 신이 최고 대빵이라고. 나머지는 가짜다. 내가 그랬잖아.”

해리가 글글글 소리 내어 웃었고 앙벵야가 그를 떠밀었다.

“이제 그만 돌아가시오. 당신네 고국으로.”

“나한테 돌아갈 집이 어딨어.”

해리가 씹던 나뭇가지를 퉤 하고 뱉었다. 해리는 감히 신께 대 들었지만 답은 얻지 못했다. 교회에 아프리카 선교를 그만두고 예 배당을 짓지 말라고 했다가 파직당했다. 신은 하나가 아니다. 세상 만물이 다 신이라고 그랬다가 사이비로 몰렸다. 세상 곳곳에서 버 림받았다. 돈이 모두 떨어지자 해리는 나이로비로 갔다. 매달 번 돈의 절반은 앙벵야에게 보냈다. 앙벵야는 그 돈을 항아리에 넣고 땅에 묻었다. 그리고 8개월 후 해리는 파란색 눈과 분홍색 살갗을 가진 서양 손님들을 잔뜩 몰고 마을로 돌아왔다. 그렇게 비즈니스 의 시대가 도래했다. 앙벵야는 결코 해리를 용서하지 않았지만 그가 내민 손은 잡았다. 살아남은 자들의 거래였다.

메리는 그러지 않을 거였다. 메리는 자식의 죽음에 의혹을 품은 어머니였다. 리디아 선생에게서 전해 들은 이야기가 있었다. 아이의 입에서 나온 하얀 결정체. 캑캑거리던 아이의 기침 소리. 승아의 이상한 행동. 이방인들이 죽음을 몰고 왔으니 처벌을 내려야겠다. 메리는 장례가 끝나자 혼자서 나이로비에 있는 경찰서로 향했다.

"내 아이가 죽었어요. 사건을 조사해 주세요."

"에에? 어쩌다?"

말단 경찰이 손톱 밑에 낀 때를 파면서 물었다.

"외국인들이 준 사탕을 먹고 다음 날 죽었어요."

"농담하쇼?"

"아이 입가에 끈적한 사탕이 눌러붙어 있었어요."

"이봐요. 사탕은 죄가 없어. 사탕은 사람을 못 죽인다고. 아이들이 죽는 데는 보통 부모 책임이 가장 크지."

"그럼 날 잡아가요. 하지만 그들도 같이 가야 해."

"아이는 어디 있소?"

"묻었어요."

"너무 늦었소. 진작 왔어야지."

경찰이 나가라는 손짓을 했다.

"약도 먹인 것 같아요. 나만 빼고 사람들이 쉬쉬하는데 뭔가 비밀이 있어요. 그 외국인들, 살인자들을 그냥 두실 건가요?"

메리는 저도 모르게 눈물이 났고 큰 소리로 외쳤다. 외국인들, 살인자들. 맞은편 소파에 앉아 기삿거리를 찾던 수습기자의 귀가 크게 열렸다. 뭔가 조합이 마음에 든다. 그가 메리에게 다가와 물었다.

"외국 사람들이 애를 죽였다고요?"

"그래요, 외국인 자원봉사자가 내 아기의 목구멍을 틀어막았어요. 아이는 죽었고요. 외국인들이 싫어요. 우리를 가만두지 않아요. 자꾸 끼어들어서 망쳐 놔요."

"이런, 정말 안됐습니다. 언제 그런 일이 있었죠? 누가? 아, 한국 사람이요. 이름은?"

사냥감을 문 젊은 기자의 두 눈이 빛났다. 기자는 메리의 이야기를 들으며 자신의 상상력이 커지는 것을 느꼈다. 어깨뼈가 쑥쑥 자라 커다란 날개가 되어 펼쳐졌다. 메리가 가고 난 후 그는 심드렁한 경찰들을 부추겼다. 재미있는 일이 벌어질지도 모르잖아. 언제까지 사무실에 처박혀서 콧구멍이나 쑤시고 있을래. 당신들 모두를 승진시켜 줄 큰 사건, 살인이다. 범인은 나왔고 당신들은 그저 시늉만 해라. 기사는 내가 잘 써 줄게. 케냐 경찰이 얼마나 기동성 있게 사건에 대응했는지 전 국민에게 알려 주마. 마침 손톱 때를 다 벗긴 경찰이 곤봉을 들고 일어섰다. 그래? 그럼 슬슬 한번 가 볼까.

특정상 진실은 밖으로 나오기를 꺼린다

브라운 서장은 기사를 쓴 기자들을 모조리 잡아다가 정신을 차릴 때까지 곤봉으로 두드려 주고 싶은 유혹에 시달렸다. 부하 직원들까지 자신을 심상치 않은 눈으로 보기 시작했다. 이제 곧 정년이고 명예롭게 퇴직할 작정이었는데 꼴을 좀 보라지. 이게 다 라몬 타사피 때문이었는데 그 녀석은 어제 아버지가 와서 데려갔다. 마거릿 패리에게 몹쓸 짓을 해 놓고 잘도 빠져나갔다.

오후가 되자 존 패리가 왔다. 존은 집에 설치된 CCTV 화면으로 자신들의 선의를 입증하려고 했지만 도움이 되지는 못했다. 현관문에 설치된 카메라가 찍은 것은 라몬이 들어왔다 나가는 장면뿐이었으므로 역으로 라몬이 이 집에 열흘간 살았다는 증거가 됐다.

"무려 열흘간 그 여자 집에 애가 있었대. 그동안 무슨 짓을 벌였을지 생각만 해도 끔찍하네요."

주민들의 상상력 넘치는 인터뷰가 브라운 서장의 귀에 들리는 듯했다. 그동안 패리 부부가 아이를 어떻게 대했는지에 대한 객관적 자료는 없었다. 주민들의 증언도 제각각이었다.

"이전에도 그 여자는 여기저기서 아이들을 데려왔어요. 아이들이 물건인가요? 함부로 데려왔다가 내보내게? 이건 제대로 조사해야 하는 문제라고 봐요."

"마거릿이 아이들을 성적으로 학대했을 거란 얘기는 말도 안 돼요. 그 여자는 그저 외로운 거예요. 말동무가 필요했겠지. 불쌍한 여자 같으니."

"마거릿은 좋은 이웃이었어요. 물론 저야 마거릿이 그랬다고는……. 하지만 누가 알겠어요? 우린 절대 타인의 진짜 모습을 알수가 없는 거잖아요. 경찰이 제대로만 수사하면 알게 되겠죠."

아이의 증언만 남았다. 당장 마거릿을 기소하라는 여론 탓에 검사도 죽을 맛이었다. 피해자의 증언만으로 기소했다가 나중에 무슨 꼴을 당하려고. 용의자가 범행을 저질렀다는 목격자 진술이나 뚜렷한 증거가 있어야 했는데 그런 건 없었다. 아무것도 없는데 여론만 들끓고 있었다. 브라운 서장은 검사를 만나고 나오는 길에 유튜브 시민 기자의 인터뷰 요청을 거절해야 했다. 요새는 저마다 자기들 방송을 틀어 대고 있었는데 사람들이 그걸 보긴 보는 건가. 하긴 안 그랬다면 이렇게까지 마거릿에 대한 악담이 리스 서밋 전체를 떠들썩하게 하기도 어려웠다. 시민들은 뉴스 홍수 속에서 뭐가 진실이고 아닌지는 관심 밖이고 그저 추한 소문을 만들고 퍼뜨리기에만 바빠 보였다. 거기 장단을 맞추어 주지 않으면 욕을 먹는 건 경찰이고 검찰이었으니. 오늘 만난 담당 검사는 여론에 떠밀려 어차피 기소를 해야 하니 뭐라도 좀 만들어 보란다.

브라운 서장은 위가 싸하게 아파 왔다. 망할 사표를 쓰고 이 머저리 같은 사건에서 도망치고 싶었다. 사방에 수사해야 할 진짜 범죄가 널렸는데 있지도 않은 범죄 때문에 골머리를 썩이고 있었다. 이대로 가다가 마거릿이 어떤 혐의를 뒤집어쓰고 재판을 받게 될지 몰랐으므로 브라운 서장은 오늘도 야근을 했다. 9시가 되자 누군가 서장실의 문을 두드렸다.

"안녕하세요, 서장님."

처음 보는 여자였다.

"캔디맨에서 일하는 알리스 백입니다."

"사장이 보내서 왔나?"

브라운 서장은 알리스가 내미는 명함을 받으며 물었다.

"알아 두게. 뭘 줘도 안 받아. 곧 정년이네. 그럴 이유도 없어. 캔디맨 영업정지는 이러지 않아도 곧 풀려. 걱정 말라고 전하게."

그가 피곤한 듯 손사래를 쳤다.

"출석요구가 없어서 직접 찾아왔어요. 저를 참고인으로 조사하셨으면 합니다."

알리스가 말했고 브라운 서장이 고개를 쳐들었다.

"왜 그래야 하지?"

"그날 밤 마거릿 패리와 라몬 타사피를 가장 가까운 곳에서 지켜본 사람이 저예요. 두 사람이 하는 말도 들었고, 마거릿이 결백하다는 걸 제가 진술할 수 있을 것 같아서요."

브라운 서장은 어깨뼈를 드드득 꺾었다.

"둘이 모자 관계처럼 보이더라. 마거릿은 좋은 사람이다. 이런 것 같고는 되지도 않아. 그 이상이 있어야 해. 아님 돌아가라고."

"그러니까 서장님은 마거릿이 그러지 않았다고 보시는 거죠?"

"이봐, 경찰은 의견이 없어. 그래야만 하지. 의견을 갖게 되면 어떻게 되는 줄 아나? 사건의 본질을 꿰뚫는 눈을 잃게 되지. 원하는 방향으로 끌고 가게 된다고. 지금 밖에서 벌어지고 있는 일들이 그거야. 뭘 봐야 할까. 명확한 증거와 객관적 사실일세. 오직 그것에 충실해서 사건을 조사해야 하지. 그래서 얻은 결론이 뭔지 말해 줄까? 이 사건은 텅 비었어. 아무것도 없네. 그저 비뚤어진 아이만 하나 동그라니 앉아 있지."

브라운 서장은 책상을 세게 한 번 탁 쳤다. 반대편에 앉은 알리스가 박수를 세게 한 번 탁 쳤다.

"서장님, 그대로 잠깐만 좀 기다리시겠어요?"

알리스가 자리에서 일어나 서장실의 문을 닫고 나갔다. 참 별일이네. 멋대로 들어올 때는 언제고. 브라운 서장은 알리스가 두고

간 명함을 들어보았다. 캔디맨 수석 바텐더 알리스 백. 요새는 바텐더도 명함을 파는구먼. 브라운 서장은 명함을 만지작거렸다. 촉감이 좋았다. 보통 명함에 쓰이는 종이와는 질이 달랐는데 그리고 보니 처음 보는 글자체에 디자인도 세련됐다. 브라운 서장에게 명함은 경찰 배지였다. 평생을 그렇게 살았다. 퇴직 후 뭘 하게 될지는 모르지만 이런 깔끔한 명함 하나 정도는 있어도 좋겠구먼. 브라운 서장은 벗어둔 총과 배지를 챙기고 자리에서 일어섰다. 참고인 조사는 무슨. 하긴 사건에 도움이 되겠다면서 찾아오는 사람이 어디 한둘이던가.

그때 또다시 서장실의 문이 열리더니 알리스가 낯선 여자를 대동하고 들어섰다. 딱 봐도 이 지역 사람이 아니었는데 낯이 익었다. 대체 어디서 봤더라. 체구가 작고 통통한 여자는 인상이 마거릿과 비슷했는데 (어쩐지 낯이 익더라니) 자주색 정장 차림에 하이힐을 신고 있어서 사업가의 이미지를 풍겼다. 여자가 먼저 브라운 서장에게 악수를 청했다.

"안녕하세요, 로라 타사피예요."

뭐라고? 브라운 서장은 뒤로 발을 헛디딜 뻔했다.

"먼저 좀 앉으시지요, 타사피 부인. 여기서 뵐 거라고는 생각도 못 했습니다."

브라운 서장이 의자를 가리키며 말했다. 소문에 의하면(아니, 뉴스 보도였다) 로라 타사피가 브라운 서장을 고소한다고 그랬다. 브라운 서장이 라몬 타사피를 순 거짓말쟁이에 정신이상자라고 지칭하며 명예를 훼손시켰다나. 물론 브라운 서장이 그런 말을 입 밖에 꺼낸 적은 없었다. 하지만 기자들은 심령술이라도 쓰는지 브라운 서장의 심정을 잘도 꿰뚫었다.

"아드님은 어제저녁 타사피 씨가 직접 오셔서 데려갔습니다만, 무슨 문제라도?"

"아뇨, 아주 잘 있어요. 이쪽 음식이 입에 맞는다고 그러더군요."

"하하, 녀석이 너무 일찍 가는 바람에 섭섭한 건 저뿐만이 아니었네요. 그런데 무슨 일로?"

"브라운 서장님께서 해 주셔야 할 일이 좀 있어서요."

로라 타사피는 사무적인 말투를 구사하며 가방에서 서류를 꺼내 보였다. 고소장을 몸소 가져오셨다? 브라운 서장이 이맛살을 찡그렸다. 옆에서 앨리스가 재밌다는 표정으로 앉아 있었는데 대체 두 여자가 무슨 일을 꾸미고 있는지 알 수가 없었다.

"이건 제 아들 라몬 타사피가 자필로 쓴 진술서입니다. 변호사가 입회했고 저도 같이 있었어요."

"뭐가 빠진 게 또 있답니까? 거기서 대체."

브라운 서장이 짜증스럽게 말했다.

"서장님."

로라 타사피가 브라운 서장의 말을 끊었다.

"제 아들이 존재하지 않는 범죄를 거짓으로 신고하고 마거릿 패리에 대해 위증했다는 것을 인정했어요."

로라 타사피가 브라운 서장 앞으로 서류를 주욱 밀었다. 브라운 서장이 서류를 허겁지겁 읽는 동안 로라 타사피는 입술을 잘근잘근 씹었다.

"이런, 정말 믿기지 않는 일을 하셨군요. 고맙다는 말씀을."

"아뇨, 그러지 마세요!"

로라 타사피가 손바닥을 들고 강하게 말을 끊었다.

"알리스가 아니었으면 용기를 못 냈을 겁니다."

브라운 서장이 의아한 표정으로 알리스를 보자 로라 타사피가 길게 한숨을 내쉬었다.

"라몬이 가출을 시작한 건 열두 살 때부터였습니다. 열두 살이요. 처음에 저는 거의 정신이 나갔어요. 유괴가 틀림없었거든요. 우리는 재산이 좀 있는 편이고 라틴계여서 극우 백인들에게 가끔씩 표적이 됩니다. 실제로 그런 사건도 있었고요. 라몬이 그걸 이용할 거라곤 생각도 못 했어요. 그 아이는 가출할 때마다 우리가 유괴범을 잡기 위해 난리치는 걸 재밌어했어요. 곧 습관이 되었죠. 매번 우리는 잘도 속았고 그 애는 멀쩡하게 돌아왔어요. 알리스가 제대로 꿰뚫었죠. 저를 찾아와서 이게 무슨 사기극이냐고 따지더군요."

여기서 로라 타사피는 알리스와 눈을 마주치고 잠깐 웃었다.

"덕분에 알았어요. 저도 연극배우로 라몬의 극에 가담하고 있더군요. 서장님은 끊임없이 집을 나가고, 부모가 이런 미친 짓을 해야만 돌아오는 자식을 상상할 수 있겠어요? 뭐가 문제인지 아무런 단서도 찾아내지 못한 채 아이는 계속해서 망가지고 있다면 어쩌면 좋을까요? 차라리 마거릿 패리 부인이 나쁜 사람이면 얼마나 좋았을까. 그럼 우린 이 끔찍한 사건에서 빠져나올 수 있겠죠."

로라 타사피는 잠깐 말을 멈추고 길게 호흡을 한 다음 말을 이었다.

"마거릿 패리 씨는, 어떠세요? 괜찮을까요?"

"잘은 못 지냈지만 앞으로는 좋아지겠죠. 덕분에 괜찮을 겁니다. 쉽지 않은 일을 하셨습니다."

브라운 서장의 말에 로라 타사피가 고개를 반대쪽으로 틀었다. 둥근 턱선이 착해 보였는데 그래서 마거릿과 닮아 보였다. 로라 타사피는 남들이 보는 만큼 성공과 돈에 집착하는 사람이 아닐지도 몰랐다. 로라 타사피는 남들이 추측하는 대로 아들에게 값비싼 장난감은 안길지언정 진정한 애정을 주지 않아 유년기 트라우마를 일으킨 부모는 아닐지 몰랐다. 브라운 서장은 무조건 자기 아이 편을 들고 자기 아이가 옳다고 주장하는 부모를 여럿 보았다. 학교 폭력으로 고발당한 아이들의 부모는 대다수 비슷한 패턴을 가졌는데 원래 자기 아이들은 순하고 좋은 아이란다. 그들은 어떻게든 기록을 남기지 않으려고 안간힘을 썼고 빠져나가는 데만 혈안이었다. 뭐니 뭐니 해도 그들에게 일관된 공통점은 "그래서 피해자 아이는 좀 어때요? 괜찮을까요?"라는 질문을 하지 않는다는 것이었다. 관심사는 오직 내 아이, 내 아이의 미래였다.

브라운 서장은 지금껏 라몬 타사피를 조사하면서 속으로 라몬의 부모를 죄인으로 낙인찍고 있었다는 사실을 깨달았다. 브라운 서장은 망할 의견이 있었다. 수사 도중 의견을 갖지 않았다고 자신 있게 말할 수 있나? 정말? 여태껏 의견 없는 수사는 없었다. 의견은 새로운 증거나 증인이 나타나면 위치를 바꾸기도 했지만 확고하게 제자리를 지킨 적도 있었다. 의견이 굳어지면 사건의 판도가 완전히 바뀐다. 브라운 서장은 문득 자신이 무서웠다. 로라 타사피가 서장실의 문을 열고 들어와 서류 뭉치를 꺼내고 자신의 이야기를 풀어놓을 때까지 서장은 로라 타사피를 괴물을 양산한 부모로 상상했다.

"타사피 부인, 제가 더 도와드릴 일이 있을까요?"

브라운 서장은 로라 타사피에게 부모 된 자로서 일종의 동정심을 느꼈다. 이 여인은 경찰서를 나가는 순간 이전의 삶과 이후의 삶이 갈릴 것이다. 로라의 편이었던 친구와 동료들이 순식간에 등을 돌리고 수군대겠지. 제임스 타사피가 어떤 인물인지는 몰랐지만 이번 결정으로 두 사람의 가정생활 또한 쉽지 않을 것이다. 거기 라몬이 부록으로 끼어 있다.

"라몬은 또 그럴 거예요, 서장님."

로라 타사피가 말했다.

"그 애는 또 비슷한 일을 저지를 거라고요. 늘 그래 왔죠. 이번에는 본인이 처벌을 원하고, 저도 그렇습니다."

로라 타사피는 결연한 표정으로 말했다. 브라운 서장은 두피가 따끔거렸다. 오늘 오전 검사와 만난 자리에서 검사는 기소를 위해 뭐라도 좀 해 보라고 브라운 서장을 윽박질렀다. 세상일이 참 알 수가 없는 게 결국 담당 검사는 마거릿이 아니라 라몬 타사피를 위증죄로 기소하게 생겼다.

"라몬이 진짜 그걸 원한다고 생각하십니까?"

"연기라고 생각하시는 거죠? 하지만 진짜예요. 본인이 저지른 일에 대해 잘 이해하고 있어요. 공감 능력이 뛰어나거든요."

"전 좀 따라가기가 힘드네요. 공감 능력이 뛰어난데 남을 곤경에 빠뜨린다고요?"

"그 앤 그러면서 자기대로 고통받아요. 라몬은 마거릿 패리 여사를 좋아했어요. 그래서 골탕 먹인 거예요."

로라 타사피는 자리에서 일어섰다. 브라운 서장이 따라 일어섰고 로라 타사피는 들어올 때 그랬던 것처럼 브라운 서장에게 악수를 청했다. 서장은 맞잡은 손에 힘을 조금 실었다. 브라운 서장은 그녀가 처한 아이러니를 절대 이해할 수 없을 것이다. 그녀의 손을 잡은 순간 자기 아이들을 키울 때는 몰랐던(아내가 모두 알아서 했으므로) 부모 된 자들만이 가질 수 있는 고통의 연대에 동참했다는 생각이 들었다. 로라 타사피는 결코 아들을 망신 주고 혼내려고 저러는 게 아니었다. 로라 타사피는 어느 순간 망가진 아들을 되찾고 싶어서 애쓰고 있었다. 브라운 서장은 또다시 위가 싸하게 아파 왔다. 내일은 내시경이라도 찍을까 보다. 아니, 그보다 공원이 좋겠군.

시체가 있다 죄는 없다

존은 짐을 쌌다. 해리가 아이의 장례를 치르고 돌아오는 즉시 캠프를 떠날 작정이었다. 출국 날짜는 며칠 더 남았지만 나이로비에 있는 호텔을 구하면 된다. 아이가 죽은 건 안됐다. 그러나 아프리카 아이들은 곧잘 죽지 않나. 영어는 한 마디도 안 하던 승아가 아까부터 사전을 들춰 가면서 "메디신 킬 더 차일드" 어쩌고 하는데 못 들어 주겠다. 그래서 뭐, 약 주인 잘못이란 거야, 뭐야. 말이 났으니 말인데 아이들이 죽는 건 다 부모 탓이다. 부모가 단속을 잘했으면 아무 일 없었다.

젠장할. 존은 아까부터 욕만 나왔다. 뭘 시도하면 꼭 이 모양이었다. 잘해 보려고 여기까지 왔는데 더 엉망이 됐다. 존도 아이의 죽음과 자신들의 연관성을 모르는 것은 아니었다. 그래서 다 대책을 마련해 두었다. 그냥 내빼겠다는 게 아니다. 아이 엄마에게 이 정도의 액수는 위로가 될 것이다. 아이는 하나 더 낳으면 되지 않을까. 어차피 여기 아이들은 다 비슷하게 생겼는데, 뭐. 중요한 건 여길 당장 빠져나가는 것이다. 존은 짐을 싸서 문 앞에 내놓았다. 그때 승아가 존 앞에 떡하니 서서 말했다.

"존, 렛츠 고."

"어딜?"

승아는 학교 건물을 가리켰다.

"할머니들이 그랬는데 어린애들이 죽으면 곧장 하늘로 안 올라가고 자기가 늘 놀던 곳에서 놀다 간대요."

"뭔 소리야?"

존이 승아 뒤에 서 있는 천수를 짜증스럽게 바라보았다.

"유령이요."

천수가 말했다.

"뭐 고스트? 베이비 고스트? 그게 나타났어?"

"만나러 가요, 같이."

승아가 존의 손을 덥석 잡아끌었다.

"노노, 이건 또 무슨 시답잖은 짓이냐?"

존이 승아의 손을 뿌리치고 자리에 멈춰 섰다. 세 사람이(마거릿도 그 안에 끼어 있었다) 존을 쳐다보았다. 꼭 무언가에 사로잡힌 사람들처럼 보였다.

"왜들이래? 귀신 같은 게 대체 어디 있다고."

"귀신이 왜 없어요? 우리 눈에 안 보여서 그렇지 나무에도 붙어 있고 학교 음악실에도 앉아 있고."

승아의 말을 천수가 그대로 옮겼다.

"허어어어어!"

존이 소리를 지르며 귀를 틀어막았다.

"당신 설마 무서운 거야? 그 애가 우리한테 복수할까 봐?"

마거릿이 존의 어깨를 잡고 말했다.

"아저씨, 승아가 그러는데 아이 영혼은 해코지 안 한대요. 그냥 우리는 마지막 가는 길에 위로와 용서를."

"뭐? 아주 코미디를 하셔라. 애기 유령한테 사죄를 하겠다? 그래서 니들 마음이 편해진다면 해라. 우리는 빼고. 난 참 이해를 못 하겠네. 사고였는데 그게 그렇게 용서를 빌 일이냐? 유령은 어차피 있지도 않으니까 가서 하든지 말든지. 진짜 사람한테는 절대 그러지 마라. 그러면 계속 꼬투리 잡혀서 끌려다니게 돼 있어. 돈도 엄청 물어 줘야 하고. 됐고, 그만 잊어. 사건 종료. 오케이?"

존은 거리낌이 없는 자신의 모습에서 스스로 자신감을 되찾았다. 논리적으로 전혀 손색이 없다. 양심이 끼어들고 말고 할 자리가 없는 것이다. 사고였다. 이 단어가 모두를 구원케 하리라.

"사고 아니었는데요, 아저씨."

승아가 나섰다. 존은 듣고 싶지도 않은데 옆에서 천수가 따박따박 승아의 말을 영어로 바꾸고 있었다.

"우리가 애초부터 여기에 안 왔으면 그 애는 살아 있을 거예요. 저기 운동장에서 놀고 있겠죠. 우리 때문에 애가 죽었는데 아저씨는 여기서 빠져나갈 궁리만 해요?"

승아가 사무실 문 앞에 놓인 캐리어를 가리켰다.

"갈 거예요 말 거예요? 이건 우리한테 주어진 마지막 기회예요."

"이게 다 무슨 미신 같은 짓이야? 마거릿, 당신이 언제부터 그랬다고? 그냥 교회 가서 기도나 합시다. 헌금도 두둑이 내고. 그럼 마음이 편해질 거야. 저 여자애 처음 봤을 때부터 이상한 기운이 느껴지더니만 쟤 무슨 무당이야?"

"후우. 그냥 우리끼리 가자, 얘들아. 저이는 말이 안 통한다고 내가 그랬잖아."

마거릿이 앞장서서 걸어갔다. 승아도 더 이상은 채근하지 않고 발길을 돌렸다. 천수가 뚱한 표정으로 존을 보다가 곧 대열에 합류했다. 텅 빈 사무실에 혼자 남자 파리가 앵앵거리는 소리만 들렸다. 뜨거운 기운이 물러가고 다홍색 해가 산 쪽으로 기울고 있었다. 서늘한 바람이 불자 낡은 현관문이 탁탁탁 벽에 부딪쳤다. 이상한 기운이 느껴졌다.

"알았어, 같이 가자고!"

존은 자리에서 벌떡 일어섰다. 먼저 출발한 세 사람의 흔적은 보이지 않았다. 해가 지고 숲길에 그늘이 드리웠다. 빛이 사라지자 존은 괜히 조바심이 들었다. 좁은 숲길만 지나면 곧장 학교가 보여야 하는데 이상하게 계속 산길만 나왔다. 등덜미가 축축이 젖어 왔다. 존은 자리에 멈추어 섰다. 개미집이 길을 막고 서 있었다. 흙으로 쌓아 올린 개미집은 존의 허리까지 왔다. 세상에, 개미집은 하나가 아니라 여러 개였고 길은 보이지 않았다. 갑자기 머리가 핑 돌았다. 주위는 너무나 조용하고 오직 자신의 숨소리만 쉭쉭 들렸다. 이게 귀신이 벌이는 짓일까. 온몸에 소름이 돋았다. 존은 왔던 길을 도로 뛰어갔다. 덩치 큰 나무가 거대한 그림자를 드리우며 들썩이고 있었다. 빵빵! 볼썽사납게 생긴 트럭이 숲길로 들어오고 있었다.

"여어! 여기요!"

존이 손을 마구 흔들었다. 마구잡이로 달리던 트럭은 존의 바로 앞에서 가까스로 브레이크를 밟고 섰다.

"이봐! 죽고 싶어? 여기서 뭐 하고 있는 거야?"

트럭 안에서 성난 목소리가 들렸다.

"좀 태워 주쇼."

존은 성낼 기운도 없어서 그냥 대꾸했다.

"근처에 엔젤스 스쿨이 있소?"

"맞아요, 제가 안내하죠."

남자 둘이 서로 눈짓을 주고받더니 존에게 뒷자석에 타라는 시늉을 했다.

"그러니까 당신이 여기 외국인들 중 한 명이로군?"

"예예. 빌어먹을 자원봉사자지요."

"거참 잘됐군! 엔젤스 스쿨까지 안내 좀 부탁드립시다."

운전대를 잡은 남자가 유쾌하게 웃었다. 트럭이 사무실을 지나자 존은 방향감각을 곧장 되찾았다.

"저기요, 저기!"

존이 반갑게 학교를 가리키자 트럭이 속도를 내며 덜컹거렸다.

"그런데 두 분은 학교에 어쩐 일로?"

존이 그제야 두 사람의 차림새를 살폈다. 군인인가. 옆에 총이 보였다. 총을 든 두 남자가 여긴 왜 왔지? 존의 목울대가 뻣뻣해졌다. 뭔가 잘못됐다. 그때 트럭이 덜컥 섰다.

"제때 왔구먼."

운전자는 시동도 끄지 않고 잽싸게 땅에 내려섰다. 조수석의 남자도 총을 챙기고 밖으로 나갔다. 존의 다리가 부들부들 떨렸다. 동그란 학교 운동장에는 마거릿과 승아, 천수 세 사람이 가부좌를 틀고 앉아 있었다. 세 사람은 누가 다가오는지도 모르고 한가하게 두 눈을 감고 있었다. 존은 머릿속에 개미가 마구 기어 다니는 느낌이 들었다. 그제야 모든 게 이해됐다. 무장 괴한, 테러, 세상에.

"도망가!"

존이 소리쳤다. 승아의 눈이 번쩍 떠졌다. 푸르스름한 어둠 속에 두 남자의 형상이 보인다.

"천수야! 큰일 났어."

천수가 눈을 떴다. 그새 어두워졌다. 아기 유령 대신 어른 남자 유령이 보였다. 그런데 총을 들었네.

"아줌마!"

천수가 마거릿을 일으켰다. 승아가 얼굴을 감싸고 학교 건물을 향해 뛰기 시작했다. 그 뒤로 마거릿과 천수가 달렸다. 존이 엉겁결에 한 남자의 허리를 껴안고 바닥으로 뒹굴었다.

"죽고 싶어서 환장했어?"

남자의 힘찬 발길질에 존의 몸이 그대로 떨구어졌다. 존은 다시 달려들었는데 이번에는 그의 이마로 총부리가 내리쳤다. 한 번 두 번 세 번. 운전대를 잡았던 남자가 옆에서 카카카 소리를 내며 웃었다. 그때 헤드라이트가 세 사람을 비추더니 또 한 대의 트럭이 운동장으로 들어섰다. 존은 그대로 바닥에 납작 엎드렸다. 트럭에서 나온 새로운 인물이 저벅저벅 운동장을 가로지르는 소리가 들렸다. 존은 눈을 질끈 감았다. 이제 죽었구나. 가까이 다가온 그가 존의 어깨를 사정없이 흔들어 댔다.

"괜찮아요, 존?"

누구? 존이 고개를 쳐들었다. 해리였다. 무장한 두 남자가 존을 내려다보고 실실거렸다.

"경관님들, 이 누추한 곳에 어쩐 일이시랍니까?"

해리가 존을 일으키며 말했다.

"뭐, 폴리스?"

존이 황당한 표정으로 외쳤다.

"네, 치안을 좀 살벌하게 담당하시죠. 근데 외국인한테 이게 뭡니까. 좀 살살 하시지."

"당신이 해리 백인가? 여기 고승아라고 여자애 있지?"

그가 이름을 주르륵 내뱉자 해리의 얼굴이 굳어졌다.

"자원봉사 참가자예요. 그런데 무슨 일로?"

"앙벵야 씨 손녀 살인 용의자로 조사를 좀 해야 되겠는데."

"네? 그 무슨 황당한 얘기래요? 살인이라니?"

해리가 소리를 꽥 질렀다.

"사건 고발이 들어왔으니 조사해 봐야 알지."

그가 운동장을 둘러보며 말했다.

"이런 망할! 다 어디로 간 거야? 아까까지 여기 있었는데. 저 미국 사람이 뛰어들기 전까지 여기 앉아 있었잖아?"

그가 학교 건물 쪽으로 걸어가자 나머지도 우르르 뒤따라갔다.

"경관님들이 뭘 잘못 아신 것 같은데 그건 살인이 아니고요."

해리가 뒤따르며 설명했다.

"이봐, 시끄러. 사건이 접수됐고 우린 절차에 따르는 것뿐이라고. 알아들어? 이 사람들 대체 어디로 숨은 거지?"

그가 복도를 지나 가까운 교실 문을 열어젖혔다.

"이봐요. 우린 무장 괴한이 아니니까 이제 밖으로 나오시오!"

어두운 교실은 아무런 인기척이 없었다. 해리는 조바심이 들었다. 그래, 이대로 어딘가에 꽁꽁 숨어 있어라. 케냐 경찰에 잘못 잡혔다가 경을 친 경우를 어디 한두 번 봤던가.

"얘들아, 그대로 숨어 있어. 알았지?"

해리가 한국말로 소리치며 일부러 교탁을 마구 흔들었다.

"뭐라는 거야, 당신?"

"경찰이니까 무서워 말고 얼른 나오라 그랬죠."

해리는 책상 밑을 들여다보고 의자를 들었다 놨다 시끄럽게 굴면서 떠들었다.

"절대 나오지 마라. 절대로."

"여긴 없나 보군."

경찰은 다음 교실로 들어갔다. 해리가 바짝 뒤를 따라 붙었다. 조용하다. 책상이 여기저기 흩어져 있고 의자가 바닥에 뒹굴었다. 끼이이익. 문이 덜컹대며 소리를 냈다. 경찰의 부리부리한 눈이 마지막으로 들어서는 존을 흘겨보았다. 해리가 천천히 숨을 들이쉬었다. 그들의 체취가 느껴졌다. 마거릿의 향수 냄새다. 젠장.

"여기 없네요! 저쪽으로 안내하죠!"

"쉿!"

경찰이 몸을 수그리며 해리를 저지했다.

"여기 있었어. 방금까지."

다른 한 명이 코를 킁킁거리며 교실 뒤편으로 다가갔다. 동작이 조용하고 민첩했다. 해리의 눈에 창가 쪽 책상 하나가 조금씩 움직이는 게 보였다. 미치겠네.

"저기, 경찰관 나리들!"

해리가 뭘 어쩌기도 전에 크아아아아아! 책상을 뒤집어쓴 승아가 경찰들을 향해 돌진했다. 워어어어. 엉겁결에 뒤로 나동그라진 경찰들을 향해 해리가 몸을 날렸다. 급한 대로 발을 붙들고 가슴팍에 안았다.

"미쳤어?"

경찰의 구둣발이 해리의 가슴을 내리치고. 크아아아아아. 책상들이 무더기로 움직이나 싶더니 우어어어어 고함에 이어 책상 두 개가 날아왔다. 그사이 천수와 마거릿이 웅크린 채 교실을 빠져나가고 있었다. 그걸 보고 정신을 차린 존이 넘어진 의자 하나를 번쩍 들어올렸다.

"이것들이 정말. 정신 차리게 해 줘?"

발을 붙들린 경찰이 총을 집어 들었다.

"너도 가!"

해리의 말이 신호가 됐다. 승아는 머리에 쓰고 있던 책상을 휘익 저편으로 던지고는 달리기 시작했다. 탕. 총소리. 승아가 뒤를 돌아보았을 때 바닥에 누운 해리가 보였다. 붉은 피가 흐르고 있었다. 탕탕. 두 발 더. 존의 비명이 뒤따랐다. 승아는 달렸다. 심장이 멈춘 것 같은데 발은 계속 나아갔다. 복도를 지나고 운동장이 나왔다.

운동장 한가운데 있던 트럭이 기우뚱하더니 이쪽으로 달려왔다.

"어서!"

운전석에 앉은 마거릿이 소리쳤다.

"저기……."

승아가 학교 건물을 가리켰다. 갑자기 말이 느려지고 이름이 생각 나지 않았다.

"해, 해리. 아저씨랑. 존. 아저씨랑. 같이, 가야."

건물에서 경찰 한 명이 절뚝거리며 나오고 있었다.

"제발. 아가."

마거릿이 소리쳤고 천수가 후다닥 뛰어내려 승아를 억지로 차에 밀어 넣었다. 문이 닫히기도 전에 트럭이 울컥대며 출발했다. 탕탕. 천수가 머리를 부여잡았다. 탕탕. 마거릿이 더욱 속도를 올렸다. 승아가 뒤를 보았다.

"안 보여. 해리 아저씨랑 존 아저씨."

뒤에 남겨진 것들이 흐릿하게 뭉개지고 흩어지고 있었다.

나쁜 놈들이 다녀도
도시는 아랑곳하지 않는다

마거릿은 최대치로 속도를 올렸다. 존은 죽었을까. 아니 아니. 생각이 그쪽으로 가서는 안 된다. 여기서 벗어나는 것. 아이들을 안전한 곳으로 데려가는 것. 지금은 그것만 생각해. 가까스로 시골길에서 벗어나자 이정표가 보였다. 나이로비. 시내로 가자. 마거릿은 속도를 내고 달렸다. 아니다. 시내는 모두 폭격을 맞았을지도 몰랐다. 마거릿은 다음 이정표에서 반대 방향으로 핸들을 돌렸다. 아니 아니. 암만 그래도 나이로비 시내로 가서 도움을 요청하는 게 좋겠다. 마거릿은 다시 나이로비로 핸들을 돌렸다. 계속 같은 동네만 맴도는 기분이었지만 따로 갈 데도 없었으니 차 안에 있는 게 낫다는 생각마저 들었다.

"아줌마."

한참 만에 승아가 입을 열었다.

"우리 여기, 벌써 네 번째예요."

"그래그래. 가자. 가는 거야."

마거릿이 신호등만 뚫어지게 쳐다보며 대답했다.

"승아야, 방금 뭐라 그랬니? 이 신호등은 아까도 지나온 것 같은데?"

"마거릿 아줌마?"

천수가 불렀다.

"신호, 바뀌었는데요."

"어? 그래. 신호. 이런 망할! 다시 빨간불이 됐네."

마거릿이 다리를 달달 떨었다. 근데 왜 이렇게 춥지. 마거릿이 손가락으로 핸들을 치며 탁탁탁 타탁탁탁 소리를 냈다. 승아는 마거릿을 보며 입술을 잘근잘근 깨물었다.

"이제 가요."

천수가 신호를 보고 알려 주었다. 차는 다시 출발했고 같은 길을 또 한 번 돌아 같은 신호등 앞에 섰다.

"저어. 마거릿 아줌마. 잠깐 차 좀 세워 주실래요? 화장실 좀."

승아가 말했고 천수가 전달했다.

"화장실? 맞다. 나도 갈래. 저기 저거 펍 아니니? 거기로 가자. 그럼 되겠구나."

마거릿은 덜컥 급브레이크를 밟고 길가에 차를 세웠다. 승아가 부리나케 차에서 내리더니 펍으로 뛰어 들어갔다. 거리는 조용했다. 천수가 보기에 바깥세상은 이상할 정도로 침착했다. 펍의 문을 열자 시끄러운 음악이 왈칵 쏟아져 나왔다. 엄청나게 많은 사람들이 안에 있었다. 여기는 나쁜 사람도 없고 위협하는 사람도 없다. 전혀 다른 세상이다. 두 사람은 안도하는 동시에 어리둥절했다. 더 안쪽으로 들어서자 디스코 볼 라이트 아래 색색으로 차려입은 사람들이 현란한 춤을 추고 있었다. 허리에 붙은 엉덩이는 좌우로 흔들리고 목에 붙은 머리는 360도로 빠르게 회전했으며 어깨에 붙은 두 팔은 빙글빙글 돌았고 몸통에 붙은 다리는 물소처럼 달렸다. 도무지 한 사람의 동작이라고 볼 수 없는 묘기를 펍에 모인 모든 사람이 선보이고 있었다.

"저 애 승아 아니니?"

마거릿이 소리쳤다. 승아가 사람들에 둘러싸인 채 춤을 추고 있었다. 팔을 천장 위로 뻗치고 머리를 마구 흔들면서 뛰어다녔다. 사람들이 승아를 보고 박수를 치며 호응했다.

"미쳤네."

천수의 눈에 승아는 즐거워 보였다. 저럴 수도 있나.

"제가 데리고 나올게요."

"아냐, 그냥 둬. 저 앤 너무 놀라서 저러는 거야. 그러면 저렇게 돼. 그럼 그럴 수 있어. 우리도 잠깐 숨 좀 돌리자."

마거릿은 바에 자리를 잡고 맥주를 주문했다. 바텐더가 맥주 두

잔을 테이블에 내려놓자마자 마거릿은 단숨에 맥주를 들이켰다.

"존은 죽었을까."

그제야 울음이 나왔다. 세상에. 존이 죽어? 그 시커먼 현실을 떠올리자 마거릿의 등골이 뻣뻣해졌다. 옆에 앉은 천수는 맥주잔에 낀 물때를 보았다. 세제를 사용하지 않으면 저렇게 되는 거다. 그래도 친환경적이니까 괜찮다고 봐야 할까. 아니면 다시 새 잔에 달라고 할까. 뽀글거리는 맥주의 거품이 사그라지고 있었다. 천수는 거품에 혀를 대보았다. 쓰고 달았다. 그때 마거릿의 휴대폰이 울렸다.

"존?"

마거릿이 울면서 소리쳤다.

"세상에. 당신이 죽은 줄 알았다고. 그럼 뭐? 테러범들이 아니야? 그럼 뭔데? 잘 안 들려 존. 크게 말해 봐. 여긴 펍인데. 뭐? 승아를 잡아가? 왜? 여기 누가 온다고?"

천수는 자리에서 일어섰다. 바 천장에 달린 텔레비전에서 뉴스 속보가 나오고 있었다. 낯익은 사람들의 얼굴이 나오고 있었다. 해리 백. 존 패리. 그리고 아까 본 남자 둘. 곧이어 천수와 승아의 사진이 전면에 등장했다. 살인 용의자 긴급 수배. 곧이어 방금 지나온 길들이 화면 전체를 채웠다. 바텐더들이 손가락으로 천수의 얼굴을 가리키고 춤추던 손님들이 웅성대며 몰려든다.

"아줌마?"

천수가 옆자리를 보았을 때 마거릿은 거기 없었다.

"마거릿 아줌마!"

밖에서 사이렌이 요란하게 울리고 철컥철컥 구두 굽 소리. 승아를 찾아야 해. 천수가 몸을 돌렸을 때 억센 힘이 천수의 팔을 낚아챘다. 오렌지색 조명등 아래 경찰 배지가 번쩍거렸다. 천수가 붙들린 몸을 마구 흔들고 소리치는데 저쪽에서 수갑을 찬 승아가 보였다. 제복 입은 경찰들이 계속해서 들어오고 그 뒤를 따르는 기자들이 셔터를 찰칵찰칵. 새하얀 플래시를 팡팡 터뜨렸다.

잘못된 판타지는 화를 부른다

이반 아셰프는 완전히 열받았다. 온갖 사건에 휘말려 봤지만 이번 건은 격이 다르다. 범죄다. 아주 치명적. 이반 아셰프는 빠르게 저울질했다. 패리 부부와 한국 애송이들 중 누굴 구원할까. 물론 누가 더 장사가 되느냐의 문제다. 그러나 이반 아셰프의 머리는 조금 다른 쪽으로 돌아갔다.

해리는 여기저기 얻어맞았지만 죽거나 장애가 생길 정도는 아니었다. 운이 좋았다. 거기서 만족하고 아이러브 발룬티어를 떠나 주는 게 좋겠다. 본부는 젊고 학벌 좋은 스태프들이 넘쳐 난다. 걔들이 영어만 하는가. 프랑스어, 스페인어, 일본어까지 구사하고도 박봉을 견뎌 내지 않던가. 해리를 본부에 들이면 도대체 연봉을 얼마나 줘야 하지? 한국 시장을 개척했다고 벌써부터 뻐기는 꼴

을 좀 보라지. 해리가 슬슬 선교사였던 본성을 드러내며 아이러브
발룬티어를 비영리재단으로 전환하자고 조르는 것도 못마땅하다.
비영리 좋아하시네. 돈을 많이 벌어야 구호가 가능한 거네, 이 사
람아.

어쨌거나 사건은 벌어졌고 현지 경찰은 한국 여자아이를 범인
으로 지목했다. 반면 마거릿의 이름은 아직까지 깨끗하다. 이반 아
셰프는 결단력 있는 사람이었다. 까짓 한국 시장이 별거냐. 이반
아셰프는 가장 먼저 겁에 질린 존 패리를 구호했다.

"세상에 존. 테러범인 줄 알고 경찰한테 덤볐다고요? 허허, 멕시
코 마약 카르텔보다 더 무서운 치들이 누군지 아십니까. 케냐 경
찰이에요. 게다가 마거릿이 트럭까지 훔쳐 달아났으니. 진짜 큰일
에 휘말린 겁니다. 이쪽은 제가 정리할 테니까 두 분은 내일 아침
미국으로 돌아가세요."

이반 아셰프는 확실하게 겁을 주었다.

"그나저나 고승아 그 애는 어떻게 된답니까. 제대로 경위를 밝
히려면 우리가 여기 있어야……."

"모르는 소리 맙시다. 이건 그냥 사냥일 뿐이요. 당신들은 미국
으로 돌아가고 한국 아이들은 한국으로 돌아가면 끝나는 겁니다.
기자들이 실컷 떠들게 놔두세요. 지금은 잔뜩 굶주려 있나 본데,
금세 잠잠해지고 평화가 찾아옵니다."

이반 아셰프는 존이 너무 쫄았다고 생각했는지 안심하라는 뜻

에서 한쪽 눈을 찡긋거렸다. 여태껏 자신의 손님들이 저지른 크고 작은 사고들이 얼마나 많았던가. 그때마다 뛰어다니면서 뒤치다꺼리를 하는 것도 다 이력이 됐다. 존 패리는 이반 아셰프의 계좌로 후원금을 이체했다. 물론 일부는 경찰들에게 떼 줘야 할 테지만 세상에 공짜가 어디 있나. 양복 매무새를 다듬은 이반 아셰프는 마거릿을 구원하러 나이로비의 후미진 펍으로 향했다.

이번 사건은 해리와 한국 아이들이 단독으로 저지른 범행으로 처리될 것이다. 아이러브 발룬티어는 쏙 빠지고 말이다. 돈으로 안 되는 일이 케냐에 있었던가. 땡. 이반 아셰프는 완전히 잘못 짚었다. 케냐에는 사람들이 산다. 그는 그 사람들을 너무 몰랐다.

섣부른 결론은 건강에 해롭다

돌아가는 꼴이 심상치 않았다. 해리가 경찰들에게 죽도록 터지더니 앙벵야의 손님들이 사라졌다. 들리는 소문에 의하면 앙벵야와 함께 노래를 멋지게 불러 대던 여자아이가 자신의 손녀딸을 죽였다고 그랬다. 웃기지도 않았다. 나이로비에 나갔다 돌아온 이웃집 여자가 신문을 들고 와서 보여 주었다.

"앙벵야, 네가 신문에 났어."

신문에는 하지도 않은 인터뷰가 실려 있었다.

"허이! 내가 아이들의 사형을 원한대. 나머지도 죄 엉터리야."

앙벵야가 고개를 저었다.

"말이 안 되긴요. 뉴스 보도라고요."

메리가 따졌다.

"뉴스에선 웨스트게이트 테러도 금방 진압했다고 그랬어. 하지만 어땠지? 피터는 죽었어. 뉴스에선 알샤바브 조직원들을 다 소탕했다고 했어. 진짜 죄 있는 자들은 연기처럼 사라졌지. 그리고 어떻게 됐지? 아직까지 테러가 끊이지 않잖아."

"이거랑 그거랑 무슨 상관이에요?"

메리가 소리를 질렀다.

"상관있지, 아가. 모든 게 상관이 있어. 눈이 없느냐? 내 눈으로 직접 그 아이들을 봤는데 왜 뉴스 나부랭이에 현혹되어야 하지? 내 집에서 일어난 일이고, 우리 아기의 죽음은 그 아이들과는 아무 상관이 없다. 책임이 있다면 해리, 그 망할 것이 관광객을 끌고 온 것. 거기 내가 같이 춤을 춘 것. 그러니 내게 화를 내. 아니면 내가 진짜 복수를 해 주련?"

"네, 제발요. 해 주세요, 어머니."

메리는 둘째 아기를 품에 안고 말했고 앙벵야는 옷을 차려입고 마냐타를 나섰다. 병원에서 막 퇴원한 해리가 퉁퉁 부은 얼굴로 앙벵야를 맞이했다. 앙벵야는 그 꼴을 보자 한 대 더 쥐어박고 싶은 충동이 들었다. 굼뜨고 무능한 것.

"가서 뭘 어쩌시게?"

해리가 지프에 시동을 걸며 물었다.

"운전이나 해. 넌 언제나 문젯거리를 가지고 마을에 들어오지. 넌 네가 여기 남자들과 다른 종이라고 생각하겠지만 오만일 뿐이야. 너도 정확히 똑같아. 가장 절실한 순간에는 꼬리를 내리고 나무 그늘 속으로 기어들어서 나오지를 않잖아. 그러니까 그 입 닫고 운전이나 하시게."

앙벵야의 화려한 등장에 구치소가 술렁였다. 경찰은 물론 현지 기자와 외신 기자들까지 그녀를 보기 위해 몰려들었다. 목에는 구슬 목걸이를 세 겹으로 친친 감고 커다란 귀걸이를 어깨까지 늘어뜨리고 화려한 비단옷을 두른 키 큰 여자. 저분이 앙벵야 여사로구나. 역시 듣던 대로 보통 사납게 생긴 게 아니구먼. 한국 아이들의 사형을 원한다지? 여긴 왜 나타났을까. '앙벵야 여사, 10대 살인마들과 대면하다.' '앙벵야 여사, 외국인들에게 한 방 먹이다.' 앙벵야의 뒤를 따르던 기자들의 머릿속에 저마다 근사한 헤드라인이 떠올랐다. 앙벵야는 불룩 튀어나온 눈망울을 굴리고 스와힐리어로 욕을 지껄이며 걸어갔다.

"제대로 분노하시네. 그럼 좋다."

흥분한 기자들이 카메라 플래시를 마구 터뜨렸다.

면회실에서 앙벵야를 기다리던 천수는 너무 긴장한 탓에 손가락을 질근질근 씹고 다리를 달달 떨었다. 며칠 새 해쓱해진 승아는 머리가 멍했다. 마거릿이 사라졌다는 게 가장 이해가 안 됐다. 대사관 직원은 며칠째 나타나지 않았고 변호사는 만난 적도 없었다. 정말 앙벵야 아주머니가 우리를 죽이고 싶어 할까. 승아는 이제 아무도 믿지 않게 됐다. 승아가 천수에게 마지막으로 한 말은

"나 묵비권 행사할 거다"였다. 천수는 승아의 마음을 영영 모를 것이다. 승아가 유아 살해 주범으로 지목됐다. 승아가 수갑을 찼다. 승아가 묵비권을 행사한다. 기껏해야 천수가 받은 혐의는 살인 공모와 폭행, 절도였다.

이윽고 앙벵야가 무서운 얼굴로 나타났다. 앙벵야의 뒤로 경찰과 기자, 해리가 함께했다. 앙벵야는 목을 길게 빼고 눈을 부라리며 아이들을 보았다. 꾀죄죄하게 변한 아이들이 잔뜩 겁먹은 얼굴로 자신을 힐끔거리고 있었다.

"렛츠 고."

앙벵야가 말했다. 천수와 승아가 고개를 들었다.

"렛츠 고, 칠드런."

영어를 하지 않는 승아도 이번만큼은 알아들었다. 승아가 천수를 힐끔거렸다. 천수는 너무 긴장해서 손가락만 계속 물어뜯었다.

"렛츠 고 홈. 고 홈. 코레아."

앙벵야가 승아의 한쪽 손을 잡아당겼다. 곧이어 기자들의 눈앞에 기이한 풍경이 펼쳐졌다. 그간 복수를 설파했던 앙벵야가 양옆에 살인마들을 끼고 함께 구치소를 나가는 것이 아닌가. 기자들은 예상치 못한 반전에 입을 벌렸다. '너그럽고 사랑이 넘치는 앙벵야 여사, 손녀를 죽인 살인자 고승아, 백천수의 손을 잡아 주다.' 그뿐인가. 이들을 위해 변호사를 고용하고 보석금을 지불했다. 기자들은 저마다 최고의 상상력을 동원해 눈앞에서 벌어지는 기상천외

한 인류애를 해석했다. 이것이 바로 아프리칸 스피릿이다. 기자들의 가슴이 벅차올랐다. 곧 앙벵야는 케냐의 영웅이 될 것이다.

유동적인 인간은
모습과 성질을 바꾸기도 한다

"정말 왔네?"

라몬이 마거릿을 보자마자 피식거렸다. 붉은색 수감복을 입은 라몬은 더 어려 보였다.

"좋아 보인다."

마거릿이 침울하게 말했다.

"이해가 안 되네."

라몬이 다리를 까딱거렸다. 하긴 착한 사람들은 그러기도 하더라. 용서가 그렇게 쉬운데 세상은 왜 여전히 엉망인 걸까.

"좀 어때. 살 만하니?"

마거릿이 면회실을 두리번거리면서 물었다. 아이들이 오는 곳이라고 그랬다. 겉보기에도 그냥 학교 같아 보였다. 성인들이 갇힌

시설보다는 규칙이 유연하고 아이들의 재교육을 목적으로 한다나 어쩐다나. 마거릿을 내부로 안내했던 담당자는 수감자들이 다양한 직업 프로그램과 정신과 치료를 받을 수 있을 뿐만 아니라 이후 자립도 성공적이라며 자랑스레 말했다.

"오는 길에 농구 하는 아이들이 보이던데 좋아 보이더라."

"걔들은 운동 치료하는 거야. 에너지가 폭발하거든. 그렇게라도 안 뛰어다니면 어디 가서 무슨 사고를 칠지 몰라."

"너도 좀 끼지 그래?"

라몬이 대답하지 않자 마거릿이 질문을 바꾸었다.

"친구는 좀 사귀었어?"

마거릿은 괜한 것을 물었다고 곧장 후회했지만 이미 늦었다.

"코흘리개들이랑은 안 놀아. 알잖아."

라몬이 웃긴다는 표정으로 마거릿을 쳐다보았다. 저 애는 학교에서도 친구 같은 건 사귀지 않았다. 저 애는 친구라는 말을 싫어해. 누구와 가까워지면 물어뜯고 해치려고 하거든. 여기서 받는 상담이 도움은 되는 걸까. 마거릿은 궁금했지만 묻지 말자고 스스로를 타일렀다.

보호관찰과 사회봉사 몇 주면 해결될 일이었다. 라몬은 스스로 수감 생활을 택했고 이곳에 온 지 두 달이 넘었다. 그동안 라몬은 부모 면회도 거부하면서 아무도 만나지 않았다. 마거릿의 면회를 주선한 알리스도 라몬의 승낙에 놀라는 눈치였다.

"나머지 두 여자는 밖에서 기다리나?"

라몬이 묻자 마거릿은 저도 모르게 흠칫했다. 두 여자라면 라몬의 어머니와 알리스를 말하는 거였고, 실제로 두 사람은 주차장에서 마거릿을 기다리고 있었다.

"그나저나 두 여자는 친구가 된 건가. 아님 연인 관계?"

"내가 보기에 연인 같지는 않더라. 넌 똑똑한 애니까 직접 만나 보면 알 수 있겠지."

"그딴 건 알아서 뭐 하게. 여자들의 연대, 뭐 그런 거겠지. 잘하는 짓이라고 그건 칭찬한다고 전해 줄래? 진심. 그건 그렇고 아줌마는 왜 똑똑하게 굴지를 못해? 삶에서 교훈을 못 얻는 편인가? 이러면 내가 착해지거나 뭐 좀 달라질 거 같아? 알겠지만 우리 엄마도 좋은 사람이야. 그 여자도 날 어쩌지 못했다고."

라몬이 아랫입술을 질겅거렸다. 입술은 텄고 피부도 거칠었다.

"음식은 먹을 만하니? 그새 살이 빠졌네."

"당연 거지 같아. 본인 걱정이나 하지 그래?"

라몬이 턱을 쳐들어 마거릿을 가리켰다. 마거릿은 확실히 살이 빠졌다. 아프리카에서 돌아온 이후 잠을 통 못 자고 있었다. 꿈에 그 아이들이 나오는데 어떻게 자겠어.

"왜, 존 아저씨가 때려?"

"얘는. 존은 그러지 않아. 알면서. 그냥, 딴 일이 좀 있었어."

마거릿이 시선을 낮추고 손가락을 꼼지락거렸다.

"뭔데? 말해 봐. 이래 봬도 내가 감정이입하는 데 천재야. 여기
서도 꽤 인기 있는 상담사라고."

마거릿이 그제야 고개를 들고 주위를 훑어보았다. 아직 얼굴이
맨질한 아이들이었다. 여기저기서 신랄한 욕설이 들렸지만 들어
줄 만했다.

"너희 어머니는 참 좋은 분……."

"이혼했냐?"

라몬이 말을 끊었다.

"아직은. 곧 그렇게 되겠지."

"빨랑빨랑해. 생각났을 때 처리하라고. 질질 끌지 말고. 서로 안
맞는 인간들이 책임이 어쩌고 같이 붙어 있는 거 옳지 않아. 아줌
마도 자기 인생을 사셔."

"인생 얘기가 나왔으니 말이다. 너도 이제 그만……."

"있지. 아줌만 아저씨가 안 때렸다고 생각하잖아. 그게 다 판타
지야. 아저씨는 아줌마를 매일 때렸어. 바보 천지 마거릿 패리가
그걸 몰랐을 뿐이야. 당장 그 성부터 갈아 치우라고."

라몬이 다리를 달달 떨기 시작했다.

"그리고 여기 끔찍하게 안전한 곳이야. 나쁜 새끼들은 여기 안
들어와. 그나마 최악이 나야, 라몬 타사피! 밖에 있는 그 여자더러
걱정 치우라고 그래. 내가 없으니까 바깥세상은 좀 평화롭나."

라몬이 킬킬거리기 시작했다. 마거릿은 골반뼈가 삐걱대고 머

리가 뜨거워지고 가슴이 두근거렸다.

"아니야, 아가. 여기서 내가 제일 최악일걸?"

"뭐, 콘테스트 하자는 거 아니잖아. 아, 그래. 인정해. 우리 모두
죄인이야, 됐지?"

"나 때문에 어린애가 죽었어. 다른 여자애가 누명을 뒤집어썼는
데 나만 혼자 빠져나왔어."

"브라보."

라몬이 건조한 표정으로 박수를 탁탁탁 쳤다.

"대단한 일 해내셨네. 착한 사람도 그딴 짓을 할 수 있어? 아줌
마한테 안 어울리잖아. 그런 건 나 같은 애나 하는 거야."

마거릿은 발가락을 꼼지락거렸다. 그 사이로 뭔가 기어 다니는
기분이 들었다. 뜨거운 지렁이 같은 것이 꼬물꼬물 기어서 허벅지
를 타고 배꼽 위를 지나며 목덜미까지 올라왔다.

"그렇지 않아. 그딴 짓은 아무나 할 수 있어. 3초와 10초 사이
에 일이 벌어지더라. 그러니까 너 같은 애라는 건 없고, 좋은 사람
도……."

말이 거기서 멈췄다. 뜨거운 것이 혀를 감고 목을 조였다. 예전
에는 그 소리가 듣기 좋았다. 넌 참 착해. 당신은 좋은 사람이야. 그
러나 실체는 어땠게? 그 어두침침한 곳에 아이들을 버려두고 혼자
걸어 나왔지. 안 그래, 마거릿? 좋은 사람이라는 건 존재하지 않는
다. 그런 정체는 없는 거다. 마거릿은 자리에서 벌떡 일어섰다.

"아줌마, 삐졌어? 벌써 가게?"

라몬이 어이없다는 표정으로 마거릿을 봤다. 라몬이 얼굴 위에 천수의 얼굴이 겹친다. 마거릿 아줌마? 어디 있어요? 동그란 눈. 이해하지 못하는 표정. 그 애가 자꾸 꿈에 나와.

"정말 가네. 그니까 고작 고해성사하러 들렀어? 이제 들통 났으니까, 뭐 끼리끼리 친구 먹자고?"

라몬이 흥분하기 시작했다. 탁자를 주먹으로 쾅쾅 내리쳤다.

"말해 봐. 그 잘난 혀로 지껄이라고. 여기 온 목적을 달성해야지? 라몬, 네가 저지른 일들을 난 다 이해하고 용서한단다. 우우. 네 본성은 원래 착하잖니, 라몬. 누구나 실수는 하잖니. 다 거기서 거기야. 나도 그랬는데, 뭐 그러니까 너도 그만 널 용서하렴. 밖에서 기다리는 어머니 생각도 해야지. 널 얼마나 사랑한다고. 우우. 빌어먹을 사랑은! 그 얼굴을 보면 다 긁어 주고 다 뭉개 버리고 싶어져. 알아? 미친! 당신이 뭘 안다고! 웃겨, 당신은 몰라."

라몬은 더욱 크게 소리쳤고 교도관들이 달려와 라몬의 팔과 다리를 붙들었다. 마거릿은 출구 쪽으로 걸어갔다. 모른다. 맞는 얘기였다. 마거릿은 알지 못한다. 누가 누구를 안다고. 누가 누굴 이해한다고. 천수는 사라진 마거릿을 이해하지 못할 것이었다. 하지만 아이야. 이해하고 말고 할 것도 없지. 겁쟁이들은 그렇게 도망가고는 한다. 잘못을 저지르고 그냥 슉 사라져. 그게 악이 아니면 뭐겠어. 그런데 참 우습게도 다른 편에 이해할 수 없는 선이 또 있더라. 알리스 같은 사람. 알리스를 불쌍한 괴물이라고 여겼는데. 하하, 실은 누가 불쌍한 괴물이었게. 누가 누굴 구원했게.

마거릿은 빠른 걸음으로 면회실을 빠져나갔다. 복도 여기저기 흩어져 있던 아이들이 방문객들을 향해 휘파람을 불고 웃고 소리 치고 야유했다.

"나쁜 년!"

누군가 외쳤다. 마거릿은 그 자리에 멈춰 섰다. 소리의 근원을 찾으려고 기웃거렸지만 아이들은 킬킬거리며 다른 쪽으로 몰려갔다. 의도 없는 지껄임. 대상 없는 욕설. 의미 없는 단어. 마거릿은 걸어가면서 그 말을 따라했다.

"나쁜 년 마거릿."

새로운 명명은 소름 끼쳤지만 입에 착 붙었다.

조상님은 화산섬에 산다

때로는 갑작스러운 행운이 누군가의 불행으로 거저 얻어지기도 한다. 천수와 승아의 경우가 딱 그랬다. 예정에 없던 고릴라 트레킹을 가게 된 것이다. 해리의 고객 두 명이 고릴라 트레킹을 떠나기 바로 이틀 전 식중독에 걸리는 바람에 두 사람이 빈 자리를 차지하게 됐다. 천수는 고릴라 서식지에 거대한 울타리를 쳐 놓고 사람들을 초청하는 식일 거라고 생각했다. 천수의 빈약한 상상과는 달리 고릴라는 산속에 산다고 했다. 그것도 이웃 나라에 있었다.

두 사람은 다음 날 새벽 3시에 르완다 국경을 넘는 픽업트럭에 올랐다. 거기서 새로운 팀을 만났는데 이번에 만난 사람들은 프랑스에서 온 세 명의 친구들이었다. 고등학교 동창인 세 사람은 관심사와 직업은 달랐어도 고릴라에 대한 이상한 애정을 공유한바,

친한 친구가 됐다. 먼저 미셸이 파리 7구에 있는 푸알란에서 빵을 만드는 제빵사라고 자신을 소개했다.

"새벽 3시에 일어나는 건 일도 아냐. 매일 그러는걸, 뭐. 아침 7시부터 빵을 팔려면 그 시간에 일어나서 작업장으로 출근해야 되거든."

또 다른 친구 야닉은 얼마 전까지 프리랜서 북 디자이너로 일하다가 독립 출판업자가 됐다고 했다. 기발한 아이디어 넘치는 책들이 빛을 못 보고 있다며, 예술은 돈이 안 되니까 가급적 이쪽 일은 하지 말라고 조언했다.

"두 번째 직업이 대안이 될 수도 있지."

야닉은 밤에 식당에서 일했는데 그것이야말로 승아가 갖고자 하는 첫 번째 직업이었다.

마지막으로 파리 지하철 노동자라고 자신을 소개한 필리프는 승아에게 지하철 노선도를 선물했다.

"우아, 파리는 지하철 지도도 엄청 예술적이네요."

승아가 노선도를 펼치자 거미줄처럼 얽혀 있는 지하철 노선 위에 루브르 박물관, 에펠탑, 지금은 불에 탄 노트르담 대성당 등등 관광지가 멋지게 그려져 있었다.

"그거 공짠데, 해외 갈 때마다 몇 개씩 챙겨 가거든. 다들 환장해."

필리프가 엄지를 치켜들고 말했다.

"이번엔 너희 차례."

세 사람이 천수와 승아를 호기심 가득한 눈으로 바라보자 천수는 긴장됐다. 가장 먼저 떠오른 단어는 '하이스쿨'과 '스튜던트'였다. 아직 덜 산 탓도 있었지만 자기소개를 단답형으로밖에 못 한다는 게 스스로 기분이 상했다. 그래서 지껄이기 시작했다. 얼마 전까지 살인 용의자로 구치소에 있었는데, 사건 자체가 성립되지 않아서 풀려났고 사흘 후면 한국으로 돌아간다. 마침 고릴라 투어 자리가 비는 바람에 여기 오게 되었으나 사실 고릴라가 꼭 보고 싶어서 가는 건 아니다. 이 대목에서 세 친구의 얼굴에 경악하는 표정이 떠올랐다. 그걸 보고 천수가 덧붙이기를, 우리가 마음먹고 애를 죽이려고 한 것은 아니었다. 그러나 결과적으로 우리의 존재 자체가 애를 죽게 한 건 맞다. 아, 우리 고등학생이다.

천수가 횡설수설 소개를 마치자 미셸, 야닉, 필리프는 아무 말도 못 하고 두 아이를 쳐다만 보았다. 세 친구의 얼굴에는 호기심과 의문이 가득했다. 질문이 터져 나오려는 순간 현지 가이드가 소리쳤다.

"자, 볼케이노 국립공원에 도착했습니다!"

그러자 세 친구가 배낭을 짊어지고 등산화의 끈을 조이고 산악용 지팡이를 들고 자리에서 우당탕탕 내렸다. 세 사람은 카메라를 켜고 유튜브 영상을 찍기 시작했다.

"바로 저기. 인류의 조상이자 친구인 고릴라들이 살고 있습니다.

이제 산속으로 들어갑니다. 드디어 우리의 꿈이 이루어지는 순간입니다."

세 사람은 벅찬 표정으로 카메라 앞에서 손을 흔들고 서로 껴안고 자리에서 방방 뛰었다. 저런 광적인 기쁨은 어디서 나오는 것일까. 어떤 이들에게 주어지는 감정일까. 천수는 다리근육을 의무적으로 움직이며 별다른 감흥 없이 걸어갔다. 산이 깊어질수록 사람들은 자연스레 말을 삼갔고 걷는 일에만 집중했다. 앞장선 가이드와 프랑스인 세 친구가 지팡이로 수풀을 헤치고 간 덕분에 승아와 천수는 수월하게 뒤를 쫓을 수 있었다. 산 중턱에 이르자 사방이 초록빛이 됐다.

"마거릿 아줌마도 같이 왔으면 좋았을걸."

승아가 입을 열었다. 이마에 맺힌 땀방울이 뺨으로 흘러내렸다. 숲은 조용했다.

"저기!"

승아가 손가락을 들어 천수의 어깨 너머를 가리켰다. 거기 고릴라가 있었다. 나뭇가지 사이로 인류의 조상이 두 발로 걸어 다녔다. 와우, 미셸이 작은 소리로 탄성을 질렀고 모두 제자리에 섰다. 카메라 셔터가 눌러지고 파리의 청년들이 흥분해서 동영상을 찍는 동안 천수와 승아는 조금 더 안쪽으로 걸어갔다. 덩치가 큰 고릴라였다. 나무 한 귀퉁이에 자리를 잡고 앉아서 나뭇가지를 질경거렸다. 퉤퉤. 나무껍질을 씹다가 뱉었고 연한 부위는 씹어 먹었다. 그러면서 이빨을 드러내고 코를 쿵쿵대다가 다시 하던 작업으로 돌아갔다. 다른 고릴라는 없었다. 천수는 고릴라가 앉은 나무 밑까지 살살 기어서 고릴라의 맞은편에 자리를 잡고 앉았다. 고릴라가 제 뺨과 귀를 긁었고 천수도 따라서 얼굴을 긁었다. 고릴라가 허 하고 입을 쩌억 벌렸고 천수도 허 하고 따라 했다. 그때 고릴라가 천수를 보았고 둘의 눈이 허공에서 부딪쳤다.

고릴라 엄마. 천수는 중학교 때 보았던 고릴라를 떠올렸다. 동물원의 고릴라들은 엉덩이를 뒤로 빼고 거들먹거리며 걸었고 사람들을 건방지게 쳐다봤다. 사람처럼 행동하던 고릴라 한 마리가 어느 순간 쇠창살 앞까지 펄쩍 뛰어와서 천수 앞에 앉았다. 그러고는 쭈글쭈글한 얼굴로 물끄러미 천수를 보았다. 고릴라가 눈을 번뜩이고 고개를 한 번씩 돌릴 때마다 천수의 얼굴이 화끈거렸다. 갇힌 것은 고릴라인데 천수가 구경당했다. 고릴라가 커다란 눈을 부라리자 너무 사람 같아서 무서웠다. 꼭 엄마가 앞에 앉아 있는 것 같았다. 비슷한 눈이었다. 다 안다는 눈. 의심하는 눈. 투시력을 가진 눈. 천수는 고릴라의 눈을 피해 도망갔다.

눈앞의 고릴라는 무심했다. 나뭇가지를 먹으면서 눈알을 굴렸고 입을 비죽거리면서 나무를 타고 위로 올라갔다. 고릴라는 의견이 없었다. 고릴라는 천수를 보고 승아를 보고 미셸을 보고 야닉을 보고 필리프를 보았다. 동시에 고릴라는 천수를 보지 않고 승아를 보지 않고 미셸을 보지 않고 야닉을 보지 않고 필리프를 보지 않았다. 저 위에서 나뭇가지가 휘어지고 툭 꺾어지더니 바닥으로 후드득 떨어져 내렸다. 고릴라가 엉덩이를 뒤로 빼고 실룩실룩 걸어갔다. 고릴라는 원래 저렇게 걸었다. 천수는 돌아가면 가장 먼저 동물원에 가 봐야겠다는 생각이 들었다. 아니지, 그 전에 엄마의 눈을 봐야겠다. 이번에는 피하지 않고 제대로 볼 것이다.

책에 이름을 지어 주는 일은 어렵다. 마지막까지 고민하다 투표에 부쳤다. 가족, 코이노니아 책방지기와 회원들, 원주시립중앙도서관 선생님들, 작가스쿨 작가님들 그리고 출판사 임직원들이 참여했다.

1번 『착한 아이 백천수 씨』

2번 『허락받고 가야지』

3번 『1만 킬로의 여름』

4번 『엔젤스 스쿨 사건의 재구성』

5번 『천수는 혼란스럽다』

6번 『무사히 도착했습니다』

짜잔. 투표 결과다.

1등 『1만 킬로의 여름』

2등 『무사히 도착했습니다』

3등 『엔젤스 스쿨 사건의 재구성』

재미있는 작업이었다. 인기를 끌었던 제목들을 제치고 순위에도 오르지 못한 『착한 아이 백천수 씨』가 당선된 이유가 있다. 내가 착하지 못해서다. 끝까지 편집부를 괴롭히며 우겼다. 뭐 내가 처음부터 그런 사람은 아니었다. 어려서는 착한 아이였다. 커서는 착하지 않으려고 노력했다. 사나워지고 세지고 싶었다. 제목 짓기에 참여한 많은 이들이 착한 것에 거부감을 드러내더라. 착한 거 싫다. 착하지 말자. 착한 버려라. 착착착. 오기가 생겼다. 왜들 이래. 착한 게 어때서.

라몬을 생각하면 아직도 뜨끔하다. 못난 천수에서 시작해서 못된 라몬까지 갔다. 두 사람은 인종도 성격도 다르지만 큰 차이를 모르겠다. 나름의 방식으로 격한 시간을 통과하는 중이다. 미숙 씨와 앙뻬야의 공통점이라고는 나이 정도다. 떨어진 대륙에서 다른 삶을 산다. 닮은 게 있다. 둘은 남겨진 사람들이다. 고통이 닮았다. 따로 존재하던 사연들이 한 점에서 모이는 이야기를 하고 싶었다. 그럴 때 우리는 서로의 고통을 나눠지고 선함을 마주할지도 모른다. 얼굴 없는 착한 것들이 있다. 그것들이 세상을 움직인다고 믿는다.

2020년 7월
원주시립중앙도서관 작가의 방에서
손서은

착한 아이 백천수 씨

© 손서은, 2020

초판 1쇄 발행일 | 2020년 8월 10일
초판 3쇄 발행일 | 2021년 2월 26일

지은이 | 손서은
펴낸이 | 정은영
편 집 | 김정택 최성휘 정사라
마케팅 | 최금순 오세미 박지혜 김하은 김현지
제 작 | 홍동근

펴낸곳 | (주)자음과모음
출판등록 | 2001년 11월 28일 제2001-000259호
주 소 | 04047 서울시 마포구 양화로6길 49
전 화 | 편집부 (02)324-2347, 경영지원부 (02)325-6047
팩 스 | 편집부 (02)324-2348, 경영지원부 (02)2648-1311
E-mail | jamoteen@jamobook.com

ISBN 978-89-544-4474-3 (43810)

이 도서의 국립중앙도서관 출판시도서목록(CIP)은 서지정보유통지원시스템 홈페이지
(http://seoji.nl.go.kr)와 국가자료공동목록시스템(http://www.nl.go.kr/kolisnet)에서
이용하실 수 있습니다.(CIP제어번호: CIP2020030211)